幸せな家庭を築きましょ？」
雨井呼音
Illust.
みれあ

Hazakura Oikawa
笈川 葉桜

Hazakura Oikawa

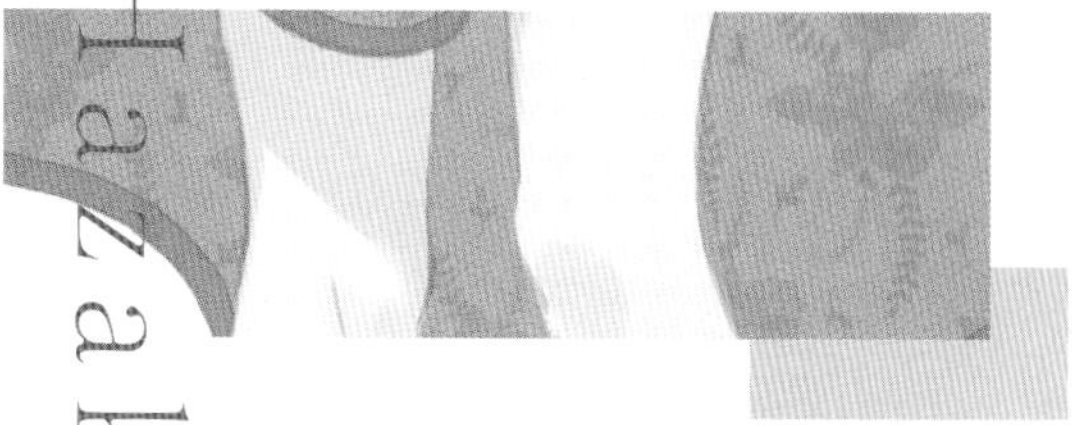

主人公である笈川野分の実姉。

野分と結婚するために異世界の都市を支配した規格外な存在。

支配者になったのち、その立場を利用して「実のきょうだいと結婚できる」という法律を作った。

基本的に弟のこと以外は興味がなく、他のことにはあまり口を出さない。

異世界ではかなり傍若無人に無双していて、異世界の魔人たちも葉桜の命令には逆らえない。

支配したのは異世界に八つある聖園指定都市の一つで、
〈ストレイド魔術学院〉という名の魔術や異能を持つ若者たちで構成された都市。
彼らの力を利用して野分を異世界へ連れて行こうとしている。

「私、野分くんだけがほしいの。
でも野分くんが
異世界に行くことを拒むなら、
周囲の世界ごと
連れていくしかないじゃない？」

氷山 凍

@Iteru_Hiyama

地元の都市伝説などを調査します。

日常は事実無根です。通知は切ってます。

氷山 凍

ノール男のh

氷山 凍 07/07

七夕だねー。めちゃ曇ってる。

氷山 凍 07/06

溺れる寸前、部員たちは水の底にいた黒い人影のようなものを目撃していた。その直後に不自然な波に飲まれたり、水の塊に手足を掴まれるような感覚があったという。その人影が大柄な男のシルエットに見えたという証言があったらしく、氷山は今回この件を「#プール男」と名付けることにした。#プール男

氷山 凍 07/06

先月から水泳部の女子生徒が、学校のプールで溺れかけるという事故が多発しているという。

県大会に出場するような選手も溺れて、水面に上がってこられず他部員に救出されることがあったとか。#プール男

氷山 凍 07/06

DMで依頼もらったから行ってみたら、依頼主がJKだった。

水泳部の子らしく、部活中に起こった不思議な出来事を氷山に調査してほしいとのこと。

コンビニ前の立ち話で済むような短い話だったけど。#プール男

氷山 凍 07/06

みんなー怪談話をしながら食べるアイスの味を知ってるー?

氷山は今、思い知ってます。#プール男

氷山 凍
見えない五人目すt

氷山 凍 04/25
というわけで、儀式の状況をリアルタイムで更新していきたいと思います。俺も文章が追いつかなくて動画だけになる部分もあると思うから、そこは大目に見てください。#見えない五人目

氷山 凍 04/25
今回、協力してくれるのは地元の大学生たち！ 俺のDMにわざわざ声を掛けてくれました。よろしくね。#見えない五人目
俺という第三者にも観測してもらうことで、友達に話すときにやらせじゃなかったって証明にしたいんだってさー。#見えない五人目――――――

氷山 凍 04/25
「見えない五人目」のざっくりルール
・四人が円になる
・一人目が、二人目に向かって歩き体の一部をタッチする
・二人目は三人目に、三人目は四人目に…と繰り返していく
・一周したら願いが叶う

氷山 凍 04/25
今回の俺はDMで声を掛けてもらって、とある儀式にお邪魔してるよー。
願いが叶う儀式なんだとさ。事前に下書きしといた儀式ルールをリプに投げます。#見えない五人目

氷山 凍 04/25
はい。#見えない五人目

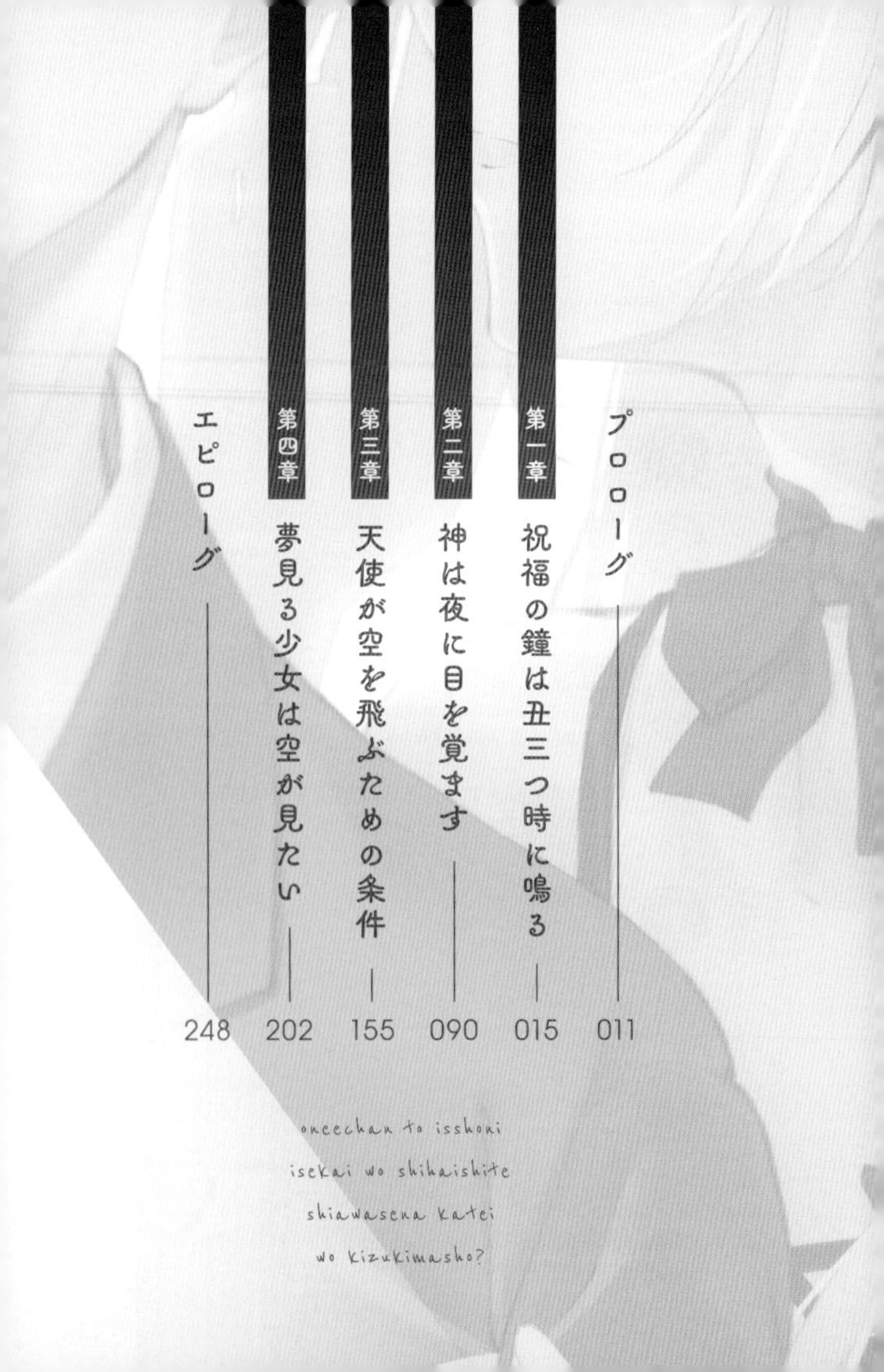

oneechan to isshoni
isekai wo shihaishite
shiawasena katei
wo kizukimasho?

お姉ちゃんといっしょに異世界を支配して幸せな家庭を築きましょ?

雨井呼音

MF文庫J

口絵・本文イラスト●みれあ

プロローグ

思えば笈川葉桜《おいかわはざくら》は、子供時代から誰かの花嫁候補として生きてきた。

葉桜が大人たちの輪の中で可憐《かれん》に微笑《ほほえ》めば、大人はこぞって「こんな可愛《かわい》いのに、お嫁にあげなきゃいけないなんて可哀想《かわいそう》」と父親に笑いかけた。柔らかい微笑と丁寧な物腰、蝶《ちょう》も花も気後れするほどのたおやかな仕草は「守ってあげたくなる」「年頃になったら引く手あまただね」などと評された。

それほど葉桜は、分かりやすく乙女《レディ》だった。彼女が行うことは、全てが誰かのために見えたし、料理もお洒落《しゃれ》も習い事も何もかも、未来に出会う誰かへの奉仕と思われてしまうような可憐でいじらしい少女だった。

そんな笈川葉桜は卒業文集で、『将来の夢』という作文にたった一行の希望を記した。

『可愛いお嫁さんになりたい』

元々、自分の内面を表出することを億劫《おっくう》がる彼女のことだ。作文が一行で終わっていたことは、ここでは別に問題ではない。

重要なのは、彼女の運命の相手が誰なのか俺だけは知っていたということである。

「野分《のわき》くん」

凛《りん》とした声に、ハッと我に返る。

エメラルドを嵌《は》め込んだような大きな瞳が、まっすぐに俺を見上げている。日本人離れした白銀の髪を夜光に煌《きら》めかせながら、彼女は細い人差し指を天空へと向けた。

「〈門〉が開きます」

視線を、彼女が指し示す方向へと向ける。

そこにあるのは、俺が通う学校だった。

その屋上の真上――はるか上空に、巨大な城館が逆さづりになって浮遊している。

荘厳な煉瓦造《れんがづく》りの白塗りの外観に、王城のような威圧的な門。そんな威圧感のある城館が、俺の通っている学校の平凡な校舎の上に、まるで鏡映しのように君臨している。

異世界から来たという銀髪の少女曰《いわ》く、その学院はれっきとした都市だという。魔術師と異能者が集う一学院が他都市を凌駕《りょうが》するほどの影響力を持ち、その自治権を認められ、特例でその校舎自体が都市として、その学院に所属する生徒たちが学徒という市民階級として登録されているという。

「第八聖園指定都市――〈ストレイド魔術学院〉」

色素の薄い唇を蠢《うごめ》かせて、彼女は言った。

逆さづりになった学院の城門から、まっすぐに白い光の筋が伸びている。それこそが

〈門〉が開いた合図であった。まるでバージンロードのようにも見える純白な光の筋は、まっすぐに俺が通っている高校の校舎の屋上へと繋《つな》がっていた。落下した光はゆったりと広がり、膜のように学校の敷地を覆い尽くそうとしている。

そんな光に包まれた屋上に、一人の少女が立っていた。

凛と背筋を伸ばしたその少女の表情は、光の筋で逆光になっていて見えない。しかし、彼女はおそらく笑っているのだろう。優雅に両手を広げて光の膜を受け止めながら、そのシルエットは悠然とこちらを見下ろしていた。

「我が【所有者】の《聖櫃《せいひつ》》より――」

銀髪の少女が、パチンッと指を鳴らす。

「――【顕現】する」

その瞬間、俺の手中に一筋の白銀が光った。虚空から現れた白銀《しろがね》の剣は、俺の手に吸い付くように馴染《なじ》む。

剣を握り締めた俺を見て、銀髪の少女は縋《すが》るように尋ねた。

「止めてくれますか、野分くん。我々の世界の支配者を」

とある事故で行方不明になっていた笈川葉桜《おいかわはざくら》は、異世界の支配者になっていた。

そのことを教えてくれた銀髪の少女曰く、葉桜は暴虐と私情の限界に挑んで、酒池肉林の世界を作り上げたという。そして、そんな酒池肉林に招待するために、俺のもとを訪れたとのことだ。

止めてくれますか。

そんな理由でこちらの世界を訪れた彼女すら、その光景を見上げて身を震わせている。

屋上に立っている少女の背後に、墨を飛び散らせたような歪《いびつ》な形の影がいくつも浮かび上がった。黒い影は、屋上の少女に纏《まと》わりつく。

あの影こそが、笈川葉桜《おいかわはざくら》が従えている魔人たち。

俺を異世界に連れていくために、葉桜が異世界に送り込んだ自分の配下である。

止めなければならない。

俺が止めなければ、葉桜はこちらの世界を蹂躙《じゅうりん》する侵略者になってしまう。

「ああ、勿論《もちろん》」

短く、俺は応える。

「俺が葉桜を連れ戻す」

第一章　祝福の鐘は丑三《うしみ》つ時《どき》に鳴る

「頼む、匿《かくま》ってくれ！　天使に殺される！」

素っ頓狂な悲鳴と共に図書室に入ってきた男子高校生たちは、手前のカウンターにいた図書委員の女子の先輩をガン無視して、奥で書架の整理をしていた俺に向かって叫んだ。

もうその時点での態度がクソ気に食わなかった俺は、顔見知りだったその男子集団に向かって端的に返す。

「帰れ」

「おい待てよ、男なら味方してくれるだろ？」

「変な連携に巻き込むなよ」

「くっそおおお裏切りやがって！　ここは図書室だろ、思考と価値観の自由が保障された場所じゃないのか！」

何としてでも図書室に押し入ろうとする集団が入ってこないように、俺は腕に抱えていたハードカバーの書籍たちを自習用テーブルに置いて、入り口の前に立ちはだかった。今日当番の図書委員は、俺以外が全員女子である。男女比が一対九の委員会に入ると、俺みたいな頼りない棒きれでも防波堤にならざるを得なくなる。

「……囲碁部だよな？」

集団の中にいたクラスメイトに一応確かめると、俺に見つめられた彼はコクコクと激しく頷《うなず》いた。彼の背後には三年生の姿もあるが、どうやら俺がいることで彼が交渉役に押し出されたらしい。

「もうバスケ部も倒されて後がないんだ！　なあ、笈川《おいかわ》は『ポスターくらい書き換えればいいじゃん』派閥の人間か？　もう別にポスターなんかどうでもいいんだよ！　これは男の尊厳を賭けた戦いになってるんだ！」

「男が尊厳の二文字を持ち出すときはろくなこと言わねぇんだよなぁ……」

図書室の扉が、勢いよく開いた。

悠然と入ってきたその人物に、水を打ったように静かだった図書室が沸いた。自習中だった生徒も一人残らず、男子も女子も関係なく、一斉に破顔して歓声を上げる。一方で囲碁部の部員たちは「ひ」と一様に息を呑《の》んで青ざめる。

現れたのは、すらりとしてモデルのようなシルエットの少女だった。カラフルなバッシュの紐《ひも》を指に引っ掛けて、小脇に碁盤を抱えている。

「さんきゅー、同志」

からっと笑って、彼女は琥珀《こはく》色《いろ》の瞳を嬉《うれ》しそうに細めて俺を見た。

「思考と価値観の自由が保障された場こそ、性根を塗り替えるのに相応《ふさわ》しいじゃんねー」

彼女の名は、天束涼《あまつかりよう》。

圧倒的な存在感を背負うその少女は、「天使」の異名を与えられていた。

「天使」という呼び名の由来は、彼女が有名なのはその容姿のせいだった。手入れの行き届いた明るい髪に、眩《まぶ》しい飴色《あめいろ》の大きな瞳が印象的なその美貌の噂《うわさ》は、校内だけではなくこの地域の学生たちに知れ渡っていた。そもそも天束が入学する前から「〇〇中学校の『天使』をどこの高校が得るのか」という噂がされていたくらいである。得る、とかいうトロフィーみたいな言い方をされていた彼女は、地元から遠く離れたこの高校に入学してからも、相変わらず周囲から「ぼくの天使。」という二つ名で呼ばれている。

しかし、入学してから一年間。とにかく天束は軽やかに文武両道をこなした。「勉強会しようよ涼ちゃん教えてあげるよ」と近づく上級生たちを学年一位の実力テストの答案で黙らせ、「このシュートが決まったら付き合ってよ」というサッカー部エースのシュートをゴール付近でディフェンスしきって告白を拒否し、毎日のように校門で天束を出待ちしていた「自称・芸能関係者」の不審者たちの排斥を学校側が手伝ってくれないと知るや否や、校門の前で一一〇番して警察を呼んで教師たちを慌てて飛んで来させ——など、とにかく天束にまつわる伝説は絶えなかった。

そして、去年の生徒会選挙。

立候補も選挙活動もしていない一生徒だったはずの天束は、開票してみたら何故《なぜ》か圧倒的な票数を獲得していた。

そんな異例の当選に、他の立候補者はすっかり萎縮してしまった。結果、天束《あまつか》が「じゃあ責任取りますかぁ」と、あっさりとそのまま生徒会長を引き受けたという。何でもありである。

さて、そんな無敵の生徒会長・天束涼《りょう》がどうして囲碁部を追い詰めているかというと、それは先週の第一回学園祭実行委員会で勃発した公式ポスター戦争が発端だった。

部活動の部長会議で決めた公式ポスターは、我が校の制服を着た男子生徒が力強く空を見上げている絵にキャッチコピーを添えたものだった。

そのキャッチコピーは、『少年たちよ！　今こそ踏みしめよう、僕らの軌跡を』というものだった。実行委員会でそのポスターを初めて目にした天束涼は、真顔で言い放ったという。

『なんでポスターに「少女」も「私」も居ないの？　ここ、女子が生徒会長やってる学校だよ？』

……ぶっちゃけ、この天束の意見に対しては賛否が分かれる。

そんな些細《ささい》な言葉選びに突っ込むなんて揚げ足取りだという意見と、言われてみればそうだ「少年少女」とか「みんな」とかにすればいいだけなのに、という意見。

しかし天束がその直後に付け足した言い分で、ちょうど半々くらいだった賛否は圧倒的に「天束派」へと転んだ。

『てか私に投票したくせに、ここでポスター直したくないって言ってる人たちは何がしたいわけ？　キャラクター人気投票のノリで正規の候補者たちを差し置いて私を当選させるの、本っ当に不誠実』

『天使』が真顔で言い放つ「不誠実」の一言はかなり迫力があって、その意見で「言い方くらいどうでもいいじゃん」派だった生徒たちの大多数が改変賛成派へと転んだ。

しかしそれでも変更を渋ったのは、ポスター案を作成した部長会議のメンバーたちだった。特に男子部員が多い部活動の部長たちは、頑《かたく》なに「そんなの変える必要ない」と言い張っていた。おそらく、ここで変更を認めたら自分たちが「天束涼にキャラ人気投票した不誠実な人間」というレッテルを貼られる……という引っ込みのつかなさもあったのだろう。

だから素直に連中が賛成派に回れるように、慈悲深い天束涼は「じゃあ普通に殴り合って勝った方が勝ちねー」という提案をした。翻訳すると、「それぞれの部活動の競技で勝負をして、私が勝ったらキャッチコピーを再考しろ」ということである。

そんなこんなで、その「殴り合い」が開始されたのが一週間前。下校時刻まで可能な限りの反対派部活動に勝負を挑み、才色兼備を絵に描いたような美貌の才媛は次なる獲物として憐《あわ》れな囲碁部の胸倉を掴《つか》んだというわけである。

「次、なんか手ある？」

図書室の自習テーブルの一角を陣取って囲碁部の部長と対決をしていた天束《あまつか》は、爽やかに対戦相手に尋ねる。噂《うわさ》を聞きつけて図書室に集まってきたギャラリーは、囲碁部の部員以外は誰一人として囲碁のルールが分からなかったが、天束と対戦していた部長の無言が何よりの返事である。

こんな制圧を続けていたら、生徒会長としての支持率なんて駄々《だだ》下がり——と考えるのが普通だが、そこは天束涼《りょう》。すらりと椅子から立ち上がった彼女は、項垂《うなだ》れていた部長の顔を覗《のぞ》き込む。

「私すっごい強いでしょー？」

得意げなその笑顔に、青ざめていた部長もとい囲碁部一同の頬《ほお》が緩んだ。我先にと天束の周りを取り囲み、「すごいよ！」「うちの部においでって」「女流棋士になろ！」と懸命に勧誘を始める。

「私に負けた男流棋士は放っておいて、みんな解散しよ！　そろそろ下校時間だしね」

わぁっと沸き立つギャラリーの熱い眼差《まなざ》しを背負いながら、『ぼくの天使。』こと天束涼は軽やかに手を叩《たた》いた。

＊＊＊

「うわぁー残業してる」

下校時間が過ぎて、三十分が経《た》った頃。

すっかり無人になった図書室で書架整理の続きをしていたら、そこに天束涼が現れた。

見回りをしていたのだろう。大きな鍵束を持って、俺の姿を見つけて困ったように笑った。

「仕事の邪魔して悪かったよぉ、図書室で変なことして」

全然そんなつもりではなかったのだが、天束の言い方に違和感があったので思わず聞き返す。

「変なこと？」

「そうだよ、もう二度とやらない。だってダルいもん」

「…………」

俺の手からあっさりと本の山を取り上げて、天束は肩をすくめた。

「笈川野分《おいかわのわき》くんだよね、二組の。知ってる？　宗教勧誘が狙う家って、玄関が汚かったり郵便受けが郵便物でいっぱいになってたり、そういう『隙』のある家らしいよ。そういう細かいところにまで労力をかけられないほどに追い詰められた心の弱さに付け込むんだって」

同級生の気安さのせいか、天束《あまつか》は本を棚に戻しながら流暢《りゅうちょう》に語った。

「私は自分の住んでるマンションのエントランスに、虫の死骸一つも放置したくないの。でもマンションなんだから、他の住人も掃除を手伝ってよって思うのね。だから」

肩にかかった柔らかな猫っ毛をふわりと払いのけ、天束は猫のように笑った。

「一度は私が掃除したんだから、あとは当番制にしたい気持ち。私がこんな些細《ささい》なことで徹底的に戦ったから、他の子たちがもっと戦いやすくなるといい。あとは自由に戦ってくれ、みんな」

物騒にも聞こえることをぼやいて、天束は不意に俺を見上げた。

「てかカノジョさん、待ってたよ」

「…………は？」

「あ、もしかして急にカノジョさんの話したから照れちゃった？　ごめんってばー。笈川《おいかわ》くんって女子の先輩と仲良くしてるからそういうイメージなかったけど、ちゃんと男の子だったんだね」

とっさに固まってしまった俺は、さぞかし本気で照れているように見えたのだろう。天束はその綺麗《きれい》に整った顔をにやにや崩す。

「カノジョさん待たせちゃ悪いでしょ。笈川くんの仕事が遅れちゃったのは私のせいだし、あとはやっておくよ。ついでに図書室の鍵も生徒会室に返しておくから、ね？」

「いや、それは——」

「いいってば」

問答無用に近い視線の圧が、俺を射抜く。

「君が帰らないと私も帰れないの。ね？」

ダルいとか当番制とか言うわりに、頑《かたく》なほどに律儀である。

「助かる、天束」

ありがとうでもごめんでもなく、端的に感想を述べながら図書室の鍵を渡してやると、嬉《うれ》しそうに目を細めた。

廊下に出てから、俺はふと訂正し損ねた一言を思い出して小首を傾《かし》げた。

「カノジョ？　誰のことだ、それ」

しかし、こういうものは訂正すればするほど「照れるな、照れるな」と肘で小突かれてしまうような話題なので、最速で事実を確認したかった俺は人気《ひとけ》のない廊下を急ぐ。

西日がたっぷりと差し込む眩《まぶ》しい昇降口に、その少女は立っていた。

「あっ」

足早に駆けてきた俺を見て、彼女は頬《ほお》をほころばせる。

ぼんやりと、改めて西日を浴びる彼女を見つめる。大きく見開かれた瞳は、宝石をそのまま埋め込んだような翠《みどり》色だった。それだけではない。ゆったりと背中に流れるストレートヘアは、雪よりも眩《まぶ》しい銀髪だった。およそ人間離れした瞳の色と髪の色に似つかわしく、その双眸《そうぼう》も人形のように端正に整っている。

触れたら溶けてしまいそうな繊細な容姿の少女は、その細いシルエットを紺色のセーラー服で包んでいた。見たこともない制服だ。

「……………えっと」

しかし、それ以上思考は続かなかった。すっと差し出された白い手に、意識が吸い込まれていく。

「帰りましょう」

ぼんやりと濁った頭で、俺はおずおずとその手を握った。俺に手を握られて、少女は満足そうに微笑《ほほえ》む。

その笑顔を見て、確信した。

そうだ、俺はこの子の恋人だった。


通学路を、誰かと手を繋《つな》いで歩くのは数年ぶりだった。

繋いだ手のひらから伝わる体温は冷たくて、まるで陶器の置物を触っているような感覚すらした。記憶の中で握ったことのある手は、もっと頼りない温度をしていた気がする。

夕焼けに染まった通学路で、不意に恋人が身を寄せてきた。

「ねえ、私たち恋人ですよね？」

鼓膜を震わせる甘美な声に、思考が溶ける。俺は首を縦に動かしていた。

「じゃあ、恋人らしいことしましょうよ」

不意に、少女が俺の目の前に立つ。

行く手を遮るように立ちはだかって、少女は俺の両手を掴《つか》んだ。エメラルドグリーンの瞳が上目遣いにこちらを見上げる。

改めて真正面から見ると、その子は独特の空気感の少女だった。天束涼《あまつかりよう》のような圧倒的なオーラを放つ華やかさとは裏腹な、ちょっと風が吹いただけで雪のように崩れていってしまいそうな儚《はかな》げな印象がある。銀色の髪も白い肌も、触れただけで溶けてしまいそうだった。そんな頼りない白いシルエットと、その体躯《たいく》を包む濃紺のセーラー服のコントラストが目に眩しい。

すらりと長い腕が、俺の両肩に回された。華奢《きやしや》で細い胴体は、不用意に触ったらパキッと小枝のように折れてしまいそうで、俺は近づいてきた少女をどう扱ったらいいのか分からず棒立ちになってしまう。

「つれないですね」

そんな俺を上目遣いに見やって、少女はくふっと微笑した。膝丈のプリーツスカートから伸びた片脚が、器用に俺の下肢へと絡まる。動作は甘やかなのに、その微笑には何故《なぜ》か挑戦的な色が宿っている。

「らしいこと、しましょうよ。可愛《かわい》いカノジョが間近にいて、立ち尽くしたままですか?」

恋人らしいこと。

そう言うと、少女はぐっと俺の後頭部を掴《つか》んできた。意外なほど強い力で引っ張られて、俺の顔がぐっと押し下げられる。お互いの鼻がくっつきそうなくらい、顔と顔が近づいた。

「おねがい」

魅惑的な甘い声で、少女は囁《ささや》いた。声音は甘いのに、彼女の真剣な眼差《まなざ》しのせいで雰囲気だけは決闘を挑まれたような空気感である。

「キスしましょ?」

『他の子とキスしたら手から千切ってあげる』

「——…………え?」

脳裏に甘やかな脅し文句が蘇《よみがえ》った瞬間、霞《かすみ》が晴れたように脳が冴《さ》えわたった。

我に返ったとでもいうべきか。急に、目の前の光景がクリアに見える。

「…………だ、誰だ?」

目の前にいる銀髪の少女は、俺の恋人なんかではない。そんな当たり前の事実を、今更

ながら実感する。

こんな少女のことを、俺は知らない。

ましてや恋人のわけがない。

「……あら。すごいですね、あなた」

当惑する俺の眼前で、少女は数秒前の蕩《とろ》けた表情とは一変した無表情でいた。硝子《ガラス》のように怜悧《れいり》な瞳をこちらに向けて、

「なぜ、私の改竄《かいざん》魔法を解除できるのですか？」

「……は」

今、何か聞き捨てならない言葉を聞いた。

「魔法？」

「魔力が認知されていない世界において、私の改竄魔法は魔術師側が解除するまで効力を保つはずです。彼女に『愛の力があれば暴いてくれる』と力説されたときは半信半疑でしたが、そんなことあります？　あなた、とても気味が悪い人ですね」

小さく笑う少女の言葉を、俺は「待て」と慌てて止める。

「さっきから、何……いや、待て。魔力とか魔術師とか、何を」

「何を言っているか、と？　何を言っているもなにも、事実を述べているだけですよ。こちらの世界に魔力がないというのは本当なのですね」

少女はあっさりと答える。

「私は認識改竄魔法を用いて、あなたの私に対する認識を操作しました。ここで本当にあなたが私にキスでもしてくれたら、私は私の魔法の効力にかなり自信を持つことができたのですが、おかげさまで自信喪失です」

ちっとも自信喪失してなさそうなあっけらかんとした調子で、少女は続けた。

「異世界の人間であるあなたと接触するためには、まず知人のふりをするのが最も効率がいいと判断しました。それを彼女に進言したところ、知人よりも距離感を詰めやすい恋人になることを提案されたというわけです」

異世界？

またとんでもない単語が出てきた。知らない少女を自分の恋人だと思い込んでいた時点で訳が分からないのに、これ以上の要素を追加されたら処理しきれない。

まさか不審者の類《たぐい》なのだろうか、それこそ宗教勧誘みたいな？と思ったが、それにしては天束涼《あまつかりよう》が日常に馴染《なじ》まない髪や目の色を見過ごして、カノジョがどうこうとはしゃいでいた理由が分からない。ただの押しが強い不審者だったら、そもそも俺や天束に本気で「恋人」と誤解させるなんてできるはずがない。

「私の魔法は、特定の範囲にいる人間の認識を操作できます。認識を改竄することで、対象となった人間がとある人物に対して認識している関係を誤認させることができます。認識へと介入する魔法を、本来では魔法の存在を知らない非魔術師が解除できるわけがないのですが――」

なるほど、と少女は意味深に頷《うなず》く。

「さすがは、あの方が特別視するだけあります」

俺が口ごもっていると、彼女は「失礼します」と一歩踏み出してきた。雪のように白い顔がぐっと近づいてきて、その左右で輝くエメラルドグリーンの瞳が爛々《らんらん》と俺を射すくめた。

少女は、尋ねてきた。

「笈川葉桜《おいかわはざくら》という名前に、覚えはありますか？」

その名前を聞いた瞬間、俺は銀髪の少女の胸倉を掴《つか》んでいた。

忘れるわけがない。その名前を。

「葉桜の何なんだよ、お前」

「どうして知ってるんだ、と聞く前に関係性を追及しての嫉妬ですか？　なんで私が間男のような扱いを受けなければならないのですか」

淡白な表情のまま不躾《ぶしつけ》を指摘されて、俺はゆっくりと手を放す。そして聞き捨てならない自分の一言を謝罪した。

「……初対面の人間に手を出した上、『お前』と呼ぶ不束者《ふつつかもの》で失礼しました」

「はい？　……ああ、別に。どうでもいいです、そんなこと」

ほどけたタイを結び直す少女を見つめながら、俺は嘆息した。

葉桜は、俺の三つ年上の実姉だ。

生まれた瞬間からすぐそばに存在していた、笈川葉桜という女。

その名前を聞いた瞬間に、魔法や異世界といった単語たちの真意を確かめることが二の次になる。

「そっちこそ……葉桜を知っているのか？」

少女は意外そうな表情を浮かべた。質問には答えてくれない。

焦りから軽く舌打ちをして、俺は質問を重ねた。

「葉桜はどこにいる」

「言わないのですね」

「は？」

「いえ。どこにいる、と聞くものですから」

少女は、平然と言い放った。

「生きていたのか？とは言わないのですね」

「…………っ」

後ろ手に手を組んでいてよかった。そうじゃなかったら、確実にまた粗相をしていた。

言わない。

「言うわけない。だって、葉桜《はざくら》だから」

きっぱりと断言した俺に、少女は「そうですか」と淡白に相槌《あいづち》を打つ。

「それでは私たちの認識を照らし合わせましょうか。あなたのお姉様は、こちらの世界で行方不明になりましたね」

生きていたのかと問わないのか、と意地の悪い質問をしたわりに、死んだというのではなく行方不明と表現する彼女であった。

笈川《おいかわ》葉桜が高速バスの事故で行方不明になったのは、四年前。

たしか葉桜だけが遠縁の親戚一家に招かれて、一人でバスで向かうことになったのである。一緒に行ってもいいかと尋ねた俺に対して、葉桜は一瞬だけ困ったような表情をしてから優しく微笑《ほほえ》んだ。

『ねえ、野分《のわき》くん。約束よ。毎日ちゃんとメールちょうだいね。おはようとおやすみ、どっちも。みんなには秘密。それがお姉ちゃんとあなたを繋《つな》ぐ命綱になるんだから。切らないで、約束よ』

葉桜にそう囁《ささや》かれ、軽く小指と小指を絡められて指切りをさせられれば、なんだか重大なミッションを課せられた気分になってしまう。健気《けなげ》にこくこくと頷《うなず》いた俺は、さぞかし葉桜の理想通りの反応をしてしまったのだろう。葉桜が未練の無い足取りで家を出てしまって、そのことがいつまでも心残りなのだ。

葉桜が乗り込んだ高速バスが事故に遭ったという報《しら》せが入ったのは、その翌日のことだった。

高速道路で対向車と正面衝突して、そのまま車体ごと崖の下に落下したと。

次々と死亡者の名簿が作られていく中で、笈川葉桜の名前はついぞ挙がってこなかった。死体が見つからなかったのである。両親はかなりショックを受けて、しかし葉桜の死を受け入れて、死体が無くてもせめてと彼らなりに弔った。

しかし、死体は無かったのだ。

『野分くん』

それだけで、確信してしまう。だって。

『命綱を切らないで』

葉桜は死んだわけではない。

行方不明になっただけなのである。

『約束よ』

「ええ、生きていますよ」

やっぱり、と思った。

動じない俺を不審に思ったのだろう。銀髪の少女は、訝《いぶか》しげな眼《め》でこちらを見上げる。

「どうして驚かないのですか？」

「葉桜《はざくら》が、俺との約束を反故《ほご》にするような人間とは思えないから」

しかし、それだけで充分なのである。

端的な回答に、銀髪の少女は「そうですか」と肩をすくめた。きつく背中で手を握り締めたまま、俺は唇を噛《か》み締める。

「葉桜はどこにいる？」

尋ねるまでもなく、俺は理解していた。

改竄《かいざん》魔法という言葉。魔術師だと名乗る少女。

「いや、聞き方が違うか」

葉桜の死体は見つからなかった。

高速バスでシートベルトをしないような人間ではない。バスが落ちた場所は分かっていて、シートベルトをしていた他の乗客は車内にいたのに、笈川《おいかわ》葉桜だけがまるで煙のように消えてしまっていた。

「どこに行ったんだ、葉桜は？」

まるで魔法のように、笈川葉桜は消失したのだ。

「ええ。今、想像された通りです」

銀髪の少女は、淡白な声で言った。

「笈川葉桜は、あなたたちが言うところの『異世界』へと転生していたのです」

「……は」

転生。

放課後の通学路には、あまりにも不釣り合いな言葉だった。

翠《みどり》色の瞳に魅入られて、俺は小さく息を呑《の》む。

「ええと……そっちの世界に、葉桜がいるのか？」

「ええ、その通り。私は葉桜様から遣わされただけです。あなたたちの世界の言葉で表現するなら、そうですね」

少女は小さく首を傾《かし》げて、

「使者、とでもお呼びください」

そう名乗った。

不意に吹いた風が、彼女の銀髪をかき混ぜる。

「私は葉桜《はざくら》様の使いの者です。名前は名乗れません」

「葉桜、様？」

「私は葉桜様の命令で、葉桜様からの伝言を届けるためだけに、葉桜様のためにあなたに接触したのです」

「待て」

俺は思わず、口を挟んだ。

「おかしい。葉桜が異世界で生きているなら、どうして代理が来るんだ？　葉桜はそういうことを他人に任せるような人間じゃない」

俺との再会に、代理人を立てるような姉ではない。

「どうして葉桜が直接来ないんだ？　というか……なんで帰ってこない？」

異世界のことを信じたわけではない。たしかに少女は珍しい色の目と髪をしているし、改竄《かいざん》魔法だの恋人だのといった言動も不可思議だが、それだけで俺の姉が異世界に転生していたという証拠にはならないはずだ。

「葉桜が異世界にいるっていうのは、本当なのか？　本当なら証拠を見せてくれ」

「そう言うと思いました。華やかで派手な魔法でもお見せしたらよろしいのかもしれませんが、今はこれしか」

彼女の薄い唇が、まるでそこだけ別の生き物のように蠢《うごめ》いた。

「我が【所有者】の【聖櫃《せいひつ》】より《顕現》」

凛《りん》として空気が震える。眩《まぶ》しい一閃《いっせん》が煌《きら》めいた次の瞬間、眼前に現れていたのは白刃《はくじん》だった。使者と名乗った少女は、その痩身のごとく細いシルエットの――剣を握っていた。

「こんな魔法でよければ」

わずかに得意げな声音で言う。しかし俺は突如として現れた白銀の剣よりも、その剣の切っ先に目を奪われていた。

使者のエメラルドグリーンの瞳が、俺の視線を追いかけて「……あ？」とポーカーフェイスを崩す。鋭く光る剣の先端に、名刺よりも小さいサイズに千切られた羊皮紙が刺さっていたのである。まるで差し出されるように風に揺れていた紙切れを手に取ると、そこには黒いインクで走り書きされた文字があった。

『良い子』

「………っ」

思わず紙を握り締める。見覚えがあったのは筆跡だけではない。ぶっきらぼうにも思える端的な言葉は、紛《まぎ》れもなく彼女のものだった。受け手に一切の解釈を任せた言葉足らずの一言は、俺がキスを拒んだことも、姉が生きていると信じていたことも、果てはただ今ここに存在することすらも肯定されたような気になってしまう。俺の思考を着々と埋める。真意が見えないのに全てを受け入れてもらえたと思わせてくれる、そんな優しくも無機質な言葉選び。

間違いない。これは葉桜《はざくら》の言葉だ。

笈川《おいかわ》葉桜は、異世界で生きている。

「……信じる」

俺が呟《つぶや》くと、使者はジトッとした目でこちらを――俺の手中の紙切れを見下ろす。

「ど、どうして……聖櫃《せいひつ》と同体である私の目を盗んで、安易に異物を持ち込める……」

「は？」

「いえ、話を戻します」

使者は諦めたように嘆息して、白銀の切っ先を地面へと向けた。

「私がこの世界で使える魔法は、二つのみ。その一つである認識改竄《かいざん》魔法は、あなたに弾《はじ》かれてしまった程度のものです。しかし私には、葉桜様から特権が与えられています。私が葉桜様から与えられた特権は、あなたと葉桜様を繋《つな》ぐことです」

「待ってくれ」

「はい？」

「さっきから気になってたんだけど」

笈川葉桜は異世界で生きている。

そのことを事実と認めた上で、だ。

「様、って何。なんで葉桜のことを『葉桜様』なんて丁重に呼んでるんだ？」

「…………」

その瞬間、恐ろしく冷めた沈黙が落ちた。

ぺらぺらと得意げに語っていた使者が、口を閉じて苛立《いらだ》ちが混ざった目でこちらを見つめる。

え、何。なんだこの沈黙は。

「私たちの世界、は」

なぜか気まずい沈黙を破って、使者は唇を開いた。

「八つの聖園指定都市で成り立っています。それらの都市はたった一人の統治者を立てて、その年の全ての顕現を統治者にゆだねて政治を行っているのです。私はそのうちの一つである第八聖園指定都市〈ストレイド魔術学院〉の魔術師です。第八聖園指定都市〈ストレイド魔術学院〉は、魔術や異能を持つ、若者たちで構成された都市なのです」

いきなり何だよと口を挟む隙もなく、使者はペラペラ喋《しゃべ》る。

「葉桜様は四年前に、その第八聖園指定都市〈ストレイド魔術学院〉に現れました。元々の世界で自分が事故に遭ったことは覚えていらっしゃった上に、ご自分で『あら、転生？』とおっしゃったので、それ以降は異能者でも魔術師でもない『転生者』という肩書で学院に所属することになったのです」

そして、と使者は言葉を切って、

「ちょうど今から二年前に、葉桜《はざくら》様は〈ストレイド魔術学院〉の前統治者を討ち破り、正式な支配者となったのです」

「…………」

俺は、ゆっくりと天を仰いだ。

「……なんつーことをしてくれたんだ、葉桜」

「当初は『転生者』が統治することに反発もありました。肩書上は統治者になっても、反対勢力によってその統治権を行使することを妨害されていました。そのため正式に前統治者から全統治権を譲渡されたのは、今年になってからでした。笈川《おいかわ》葉桜様は、今や私たちの都市の正式な支配者です」

言葉を失う俺の前で、使者は淡々と続ける。

「そして私たちの都市で最も大きな力を得た葉桜様は、ついに彼女の念願を叶《かな》えるための一歩を踏み出したのです」

「一歩？」

異世界の都市を一つ攻略しておいて、それを「一歩」とのたまう彼女。

「念願って何だ？　こっちの世界に生き返ることとか？」

そう尋ねた自分の声に、若干の期待がこもっていた。それに勘付いたらしい使者が、ほうっと小さな溜息《ためいき》を漏らす。

「だったら、よかったのですが」

　不穏な前置きをする。

「他の都市をも凌駕《りょうが》する力を手に入れた葉桜様は、第八聖園指定都市に所属する〈ストレイド魔術学院〉の生徒たちに、一つの法律を改正することを認めさせたのです」

「法律改正？」

「〈ストレイド魔術学院〉の生徒たちは実力主義です。伝統ある法律を変えたいと最初に葉桜様が提案したときは、それはもう反乱もかくやというほどの反発があったのですが、葉桜様が法律改正の提案と同時に近隣の土地を〈ストレイド魔術学院〉の名の下で侵略した結果、『笈川葉桜には法を変えるほどの力がある』という認識が不動のものとなってしまったのです。二度目に葉桜様が法律改正を提案したとき、反対の声は一切上がりませんでした」

「本当に実力主義だな、そちらの世界」

　葉桜が生きやすそうな世界だ。そう思いながら、俺は首を傾《かし》げる。

「それで、葉桜の作った法律というのは？」

「葉桜様が変えた法律は、婚姻について」

　使者は、あっさりと言い放った。

「葉桜様《はざくら》の法律改正により、私たちの世界では血の繋《つな》がったきょうだい同士の結婚が可能となったのです」

「………は？」

呆気《あっけ》にとられる俺に対して、使者は鋭い視線を向けた。

「元の世界に生き返るなんて、とんでもない。葉桜様は誰に何と言われようと、どんな刺客を送り込まれようと、私たちの世界で永住するという決断を下しています」

永住、という言葉がやけに強調される。

「新たな法律が提唱されてから、改正が実施されるまでにはラグがあります。聖園指定都市の法は、総じて第一聖園指定都市〈グラン・アリア〉の認可を得なければならないためです。あと数日後に法律は改正され、私たちの世界は葉桜様にとっての楽園に作り替えられます」

そして、と使者は言葉を切って、次に放つ一言を強調する。

「しかもその楽園は、あなたのためだけに作られているのですよ」

脳裏に、懐かしい映像がちらつく。

賑《にぎ》やかな屋台に、人混みの喧噪《けんそう》。暗い夜空に眩《まぶ》しく弾《はじ》ける花火。そんな火花よりも眩しい紅《あか》みがかった切れ長の瞳。俺の唇を塞いだのは、黒いレース地の手袋に包まれた細い手だった。

『野分《のわき》くんは、誰の王子様にもならなくていいの』

笈川《おいかわ》葉桜はそもそも異世界に行かずとも、周囲と全く溶け込まず交わらず、浮世離れした雰囲気を纏《まと》った少女だった。

『だってお姉ちゃんと結婚するものね』

空いっぱいに広がる大輪の花よりも幻想的に微笑《ほほえ》まれて、その上で断るなんて選択肢はあり得なかった。そんなこと俺にはできない。

だから、念を押した。

『それ、嘘《うそ》じゃないって言って』

そう答えた。

『ちゃんと本当のことにして。約束して、葉桜』

葉桜は約束を反故《ほご》にしない。俺が招いたことだった。

約束をさせたのは、俺だった。俺が指切りのために小指を差し出した。

だから葉桜は、異世界に転生してまずその願いを叶《かな》えようとしたのだろう。俺が求めたことを実現させようとして、世界の方を捻《ね》じ曲げてしまったのだ。

「とにかく、正式な法律改正を経て私はこちらの世界に送られることになりました。私は葉桜《はざくら》様に、とある勅命を与えられたのです。私があなたの恋人として現れたのは、葉桜様からの命令でした。葉桜様以外の女性に対して、あなたが目移りしないか確かめるための試験だったのです」

さっきの唐突なキス要請は、葉桜からの試験だったのか。おそらくあそこで俺が「やったぁしようキス今すぐしよう」とノっていたら、葉桜を大いに失望させていたに違いない。

「あなたはその試験に、見事に合格してしまいました。お姉様に操《みさお》を立てて、キスを拒んでしまいましたね。葉桜様は喜ぶでしょう」

不意に使者の白い手が眼前へと差し出された。

「弟くん」

エメラルドグリーンの瞳に見つめられる。

その白い唇がぱかっと開かれた。

「結婚してください」

プロポーズとは思えないほど淡白な口調で、

「あなたのお姉様と結婚して、あなたのお姉様が支配する異世界へと行き、お姉様と一生一緒にいてください」

使者は軽く片膝を折って、切々とした声色を絞り出した。

「お願いです。私たちの支配者の願いを叶《かな》えてください」

俺は笈川《おいかわ》葉桜のことが好きだ。

小学生の時分から、いつも未知の世界に誘《いざな》ってくれる葉桜が好きだった。

そう、俺はそんな葉桜のことが好きなのだ。俺の記憶の中にいる葉桜の一挙手一投足が大事で、何一つ忘れたことなどない。

だけど——

「……え、なんで」

俺が絞り出したのは、単純な疑問だった。

「なんで俺が譲らなきゃいけないんだよ」

「……はい？」

その瞬間、使者がぞっとした表情をした。まるで世界の終わりを告げられたような顔だった。

「な、なんとおっしゃいました？　今」

「どうして葉桜と結婚するという約束に、『ただし異世界に行かなければいけない』っていう条件が勝手に付け足されてるんだ？」

「は？」

「こっちの世界で結婚できないから、結婚できる世界を新しく作ってそっちで結婚する？違うだろ、当初の約束と全然違う。俺が葉桜《はざくら》と約束したとき、『別の世界で』という条件は無かったぞ。何だその後出しは、どうしてハードルを下げるんだ」

「下……っ!?」

使者がギョッとして、大きな瞳が零《こぼ》れ落ちそうなくらい目を見開いた。

「ま、待ってください弟くん！　私の言ったこと聞いてなかったんですか？　あなたのお姉様は、あなたと結婚するために私たちの都市を支配して結婚制度を変えたんですよ？それのどこが『ハードルを下げた』になるんですか！」

「だいたいそれも何なんだよ、そっちの世界にとって葉桜は支配者なんだろ？」

「ええ、そうです。知らない人はいない、私たちの都市にとっての象徴です。皆が崇拝し畏怖する御方《おかた》です」

つまり、みんなの葉桜ということだ。

葉桜が向こうの世界にいる限り、俺だけの葉桜ではないということだ。

「お、弟くん？」

もう俺は、結婚という枠に入れられるだけでは満足できない。そこまで堪《こら》え性《しょう》のない俺を育てたのは葉桜だ。別に俺は、葉桜さえいればいいというわけではないのだ。

「俺は全部を取り戻したいから」

どうして異世界に葉桜を奪われなければいけないんだ。

俺は「結婚」するために、葉桜と一緒に下校する日々を諦めたわけではない。本当は交通事故から軽やかに生還した葉桜に、おかえりを言って喜んでもらうはずだった。朝起きてから夜寝るまで笈川《おいかわ》葉桜という姉を独り占めしても誰にも咎《とが》められることなく、当然のように葉桜から世界で一番大事にされるはずだった。

どうして、そんな。

たまたま葉桜が異世界に行ったからという理由だけで、俺が待つことを諦めてそちらの世界に行かなければならないのか。葉桜を俺の日常に取り戻すということを諦めなければならないのか。

何一つ変わらない世界が、一番幸せだったのに。

「可能なら今すぐ葉桜に伝えてくれ。俺が葉桜のプロポーズを呑《の》んだのは、実の姉と結婚できないことを知らないいくらいの子供だったからじゃない。そのくらい不可能なことでも、葉桜と一緒なら絶対にできると確信してたから承諾したんだ」

何一つ諦めない。絶対に譲らない。

「近道をするな、一言一句すべての約束を守れ。俺は約束を守っていただろうが」

「お願いです、それは」

使者は死人のように顔を青ざめさせていた。色を失った唇がわななないて、声を絞り出す。

「俺はそちらには行かない。葉桜《はざくら》、あなたがこちらに帰ってこい」

使者は、その瞬間に絶句した。

たっぷりとした間を取って、使者は言葉を選んでいるようだった。くっと軽く唇を噛《か》み締めて、絞り出したその言葉は。

「残念です」

冷たい感触が、首筋に当たる。

「……は」

白銀の剣の先が、俺の頸筋《くびすじ》に押し当てられていた。

「ダメだったのですよ、絶対に」

こつん、と。

凍り付く俺の革靴の爪先を、少女のチョコレート色のローファーが突く。

「絶対に断ってはいけなかったのです。葉桜様のためにも、あなたのためにも」

後ずさりしかけた俺は、その言葉を聞いてぴたりと体の動きを止める。

「私があなたを殺すことになってしまうから、それだけは、絶対に」

俺は眼前の剣を見つめながら、細く息を吐き出した。か細い溜息《ためいき》は微《かす》かに震えている。

夕日を眩《まぶ》しく反射させる剣は、細筆でまっすぐ引いたように細く長い刀身だった。少女の

「言わないで――」

銀髪と同色の刃《やいば》が、一分の揺れもなく俺の喉を狙っている。

「それも葉桜の命令？」

「まさか。こんなこと知られたら、私が葉桜様に殺されます」

笈川《おいかわ》葉桜ならやりかねない。

「じゃあ、どうして俺を殺そうとしてるんだ？　葉桜への反乱か？」

「反乱、ですか」

そうかもしれません、と使者が呟《つぶや》く。

「不思議ですね、弟くん。どうして動じないのですか？」

どうして？

そう言われても。

「だって、お前の背後にいるのって葉桜なんだよな？　だとしたら、俺に危害が加えられるわけがないというか」

「馬鹿ですか？」

白い刃の切っ先が、喉元の皮膚を軽く撫《な》でた。爪先を押し当てられた程度のピリッとした痛みが走る。

「あなたが無事でも、世界の方が壊れてしまったら元も子もないでしょうが」

「……は？」

そのときだった。

空に、亀裂が走った。

「…………っ」

俺とほぼ同時に空を見上げた使者が、息を呑《の》む。

稲妻よりも歪《いびつ》な形をした割れ目の奥から、白い光が覗《のぞ》く。使者が身をのけぞらせると、俺の肌から彼女が手にしていた剣の刃が離れた。その瞬間に、空はいつも通りの景色になった。

唖然《あぜん》とする俺の反応を見て、使者が一言。

「見えました？」

「何だ、今の」

「そうですか。剣の先端が触れていたことで私と繋《つな》がっていたから、見えたのですね」

「だから、何だ今の」

「葉桜《はざくら》様です」

端的に答えて、使者は剣を持っていた手をパッと開いた。

「仕方ありません」

白銀の剣が消失する。

「戻りますよ、弟くん。あなたのせいで世界が危ない」

意味の分からないことを呟《つぶや》いて、使者は学校へと踵《きびす》を返した。

＊＊＊

学校に戻ると、使者は不意に俺に片手を差し出した。

「掴《つか》んでください」

なんで急に。

「恋人だから『なんで』などと聞かないでください」

とっくに嘘《うそ》だと分かっている「恋人」という言葉の圧に促されたわけではないが、有無を言わさぬ調子で突き付けられたパーを掴む。

その瞬間、眼前の光景が一変した。

学校の敷地内。その上空に、夕焼けの空を切り裂くようにして白壁の城が顕現していたのだ。荘厳なその城は逆さづりになっていて、その城門から光の筋を溢《あふ》れさせている。

「あれが、我々の都市です。異能者や魔術師たちが在学する学園が、八番目の聖園指定都市に認定されるほどの影響力を得て、その校舎自体が都市として認められたイレギュラー」

使者は、淡々と述べた。

「第八聖園指定都市――〈ストレイド魔術学院〉」

逆さづりの校舎の門から伸びた光の筋は、俺たちの学校を覆い隠すようなドーム型に伸びていた。半透明の帳《とばり》が下りた中で、使者はちらりと俺を見上げる。

「あれが、私があなたを攻撃した理由です」

お分かりですか？と問うて、

「葉桜《はざくら》様は、あなたが断ることも想定していたのです。たとえば『現実世界で彼女が出来ていた場合』などといった具合に」

「そんな場合は無いんだが？」

「あなたが異世界行きを断った場合、葉桜様はあなたの自由意思を尊重して強制的に異世界へとあなたを転生させることにしたのです」

「自由意思を尊重して強制……」

日本語のつながりが壊滅している。

「私たち……あなたからすると異世界の者が使う特殊能力である異能や魔力は、人々により強く認識されることによって威力を増すのです」

使者は滔々《とうとう》と語った。

「その異能がどういうものなのか、その魔法にはどんな効力があるのか。人々にその力を広く認められていればいるほど、強大な威力を持って相手に干渉することができます」

そして、と使者は言葉を切って、

「その認識による魔力を利用して、葉桜様は『あなたたちの世界』に逆に干渉する方法を生み出したのです。認識こそが力の根源です。つまり私たちの世界のものを、こちらの世界の人々が『現実に存在する』と認めたら？」

「……は？」

「異能や魔法が存在すると認めたら、それらの力は現実世界にも及び効力を持つのです。そして異能や魔法を認識できるようになった人間は、私たちの世界と限りなく近い存在になります」

使者の細い人差し指が、ゆっくりと上空の学院を示す。

「それを葉桜様は利用しようとしています。転生者である葉桜様が持っている能力は、二つです。こちらの世界に異世界人を『送り込む』能力と、異世界人を元の世界に『引き戻す』能力です。それを利用して、葉桜様はこちらの世界ごと異世界に引きずり込もうとしています」

「ひ、引きずり込む？」

「自由意思を尊重して、強制的に……と」

噛《か》み締めるように、使者が言葉を繰り返す。

「向こうの世界の者たちをこちらに送り込み、魔力や異能を認識できる人を増やし続けて、その空間を限りなく異世界に近づけます。その状態で、葉桜《はざくら》様が異世界のものだけを元の世界に引き戻せば、どうなると思いますか？」

戸惑う俺に、使者は簡潔に答えた。

「限りなく異世界に近づいたこちらの世界の空間ごと、異世界に強制召喚することができるのです。その空間があなたの日常に近い場所であれば、空間ごとあなたを異世界に引き込むことが可能となります。葉桜様はあなたを異世界に呼び込むために、この世界ごとあなたを召喚することにしたのです」

「待って」

俺は、使者の言葉を遮った。

「空間ごとって、別にその空間にいるのは俺だけじゃないだろ。その空間にいて、魔力や異能を認識できるようになった他の人たちはどうなるんだ？」

「この世界ごと、みんな異世界に拉致されます。葉桜様のような適応力を持つ転生者は稀《け》有《う》ですので、おそらくほとんどの人間は淘汰《とうた》されることになるでしょう。また、元の世界に戻ることも不可能です」

俺は思わず、天を仰ぐ。

「そんなこと、葉桜が本当に？」

「本当だからこそ、私はあなたを殺すつもりですがね」

白刃《はくじん》を思い起こさせるように、使者は俺の眼前に自分の人差し指を突き出した。さっき剣を顕現させた指先で、

「局地的とはいえ葉桜様は、この世界を侵略するつもりなのです。あなたという宝物を異世界に連れていくためだけに」

「侵略って、具体的にどうやって」

「私が魔力を認識していないはずの弟くんの前に現れることができたのは、あなたが私のことを『自分の恋人』だと思っていたからです。認識改竄《かいざん》魔法は、このようにちょっとした飛び道具にもなります。しかし他の魔術師たちの攻撃は、異世界の存在を知らず魔力を認識していないこちらの世界の人々には通じません。だから、違う方法を取ります」

「違う方法？」

「この学校」

使者が指さしたのは、俺の通う高校の校舎だ。

「学校には、噂《うわさ》が蔓延《はびこ》りやすいのです。魔力や異能も、学校という場所においては怪談という形で流行しやすい。葉桜様の『転生者』としての能力で、異世界の使者たちをこの学校に転移させるのです。この学校を〈門〉として異世界人たちを顕現させ、こちらの世界の人々を襲って異世界の存在を認めさせます。だから葉桜様は、この学校ごとあなたを強

制召喚しようとしています」

　使者の細い人差し指が、未《いま》だまっすぐに校舎を向いている。

「そして、たった今〈門〉が開きました」

「葉桜《はざくら》が、異世界を支配したと言ったよな」

　俺は尋ねた。

「そもそも、葉桜はどうやって異世界を支配したんだ？『送り込む』能力も、『引き戻す』能力も、別の世界と繋《つな》がるための能力だから、別に異世界で暴れる分にはあまり役には立たないと思うんだが」

　そうですね、と使者は小さく相槌《あいづち》を打つ。

「その二つの能力は、確かに異世界で権力を持ってからしか使えないものでしょう。しかし、先ほども言った通り、私たちの世界の魔力と異能は他人に認識されて初めて効力を得ます。逆に言えば、認識されなければ魔力は攻撃力を持たないのです」

「悪霊が渦巻く心霊スポットも、霊感のない人間の前ではただの廃墟《はいきょ》みたいな感じ？」

「心霊スポ……？」

　使者がきょとんとする。異世界の彼女にはピンと来ない喩《たと》えだったようだ。彼女は小さく咳払《せきばら》いをして、「説明しますね」と人差し指を指揮棒のように振るう。

「私たちの世界の魔力や異能は、認識されなければ他者に干渉することができないのです。しかし私たちの世界では、魔術師や異能者が跋扈《ばっこ》しています。魔力も異能も生まれたときから身近にあるものなので、それを『認識しない』ということはまず不可能なのです」

家電に囲まれた現代日本で『電気』というものを知らないまま過ごすのは不可能、みたいな感覚だろうか。

「しかし、葉桜様はそういった能力を全く認識していませんでした。その状態で私たちの世界に転移した葉桜様には、私たちの世界の魔力や異能が一切効かなかったのです」

使者は苦々しい表情で、吐き捨てる。

「葉桜様には、ありとあらゆる攻撃が無効でした。転生者である葉桜様への処遇を巡って起こった〈ストレイド魔術学院〉学内抗争の際にも、彼女は粉塵《ふんじん》舞い散る最前線で『嫌だわ、私のために争わないで』とプリンセス気取りで優雅に紅茶を飲んでいたくらいです」

それはちょっと可愛《かわい》い。

「しかし、それも当然です。だってどんなに強大な魔力も、彼女自身は何もせずとも『笈《おい》川《かわ》葉桜』にだけは触れることすら叶《かな》わず消失してしまうのですから」

「葉桜には攻撃が効かないから、そのまま誰も葉桜を負かすことができなくて支配者にまで上り詰めてしまったということか?」

いや待てよ、と俺は口を挟む。

「確かにそれは、異世界に転移した直後は罷《まか》り通るかもしれない。でも、異世界でしばらく生活すれば、魔力を知らないままじゃいられなくなるだろ。魔法を知っていくにつれて、葉桜《はざくら》の無知特権も消えていくんじゃないか？」

「いえ、葉桜様は魔法にも異能にも全く興味がありませんでした」

「はあ？」

「興味がないから、ろくに知ろうともしなかったのです。葉桜様が唯一関心を抱いたのは、〈ストレイド魔術学院〉の支配者が国内の権力を全て握っているという都市の政治体制でした。『それって私が何でも好きなようにできるってこと？　結婚制度とかも？』と目を輝かせていた時点で、危機感を抱くべきでした」

俺は思わず「うぐ……」と呻《うめ》いた。胸を押さえて前屈した俺を見て、使者は訝《いぶか》しげに眉根を寄せる。

「それ、どういう感情です？」

「ぐっ……ときそうになって、さすがに不謹慎だから抑えている感情」

「はい？」

異世界に行っても、最優先事項が「俺と結婚できるかどうか」なのか。魔力や異能が罷り通る世界において、それらに一切興味を抱かずに「ここなら野分《のわき》くんと結婚できるかも！」と夢想していた葉桜を想像して、なんて一途《いちず》な姉なんだと感激してしまいそうになる。

しかしそんな感想は、自分の都市の制度を捻《ね》じ曲げられた使者に失礼な気がしたので、なんとか堪《こら》えた次第である。落ち着け俺、変わらぬ姉のスタンスに感動している場合ではない。実姉が異世界を支配しているんだぞ。

「とにかく葉桜様は、都市の支配者の特権だけに目を奪われて、〈ストレイド魔術学院〉の有力な魔術師や異能者たちを次々と倒していきました。〈ストレイド魔術学院〉はその名の通り、魔術系統の技を使う者たちが集まる都市です。葉桜様の『魔力が効かない』というギフトは、学生たちとの戦闘で大いに役立ちました。戦闘の結果は全て同じ、相手の魔力が切れておしまいです」

「向こうの攻撃はそれでおしまいかもしれないけど、葉桜は？　どうやって異世界人たちをねじ伏せたんだ？」

使者は「……はふ」と溜息《ためいき》を漏らした。語っているだけなのに、そのポーカーフェイスの顔にはどこか疲れのようなものが滲《にじ》んでいるように見えた。

「……どうやったんですか？」

「は？」

「いえ、なんというか……納得してもらえないような話だとは承知しているのですが……葉桜様が魔力切れした敵と何かお話をされると、何故《なぜ》かみんな葉桜様に刃向かうことをやめてしまうのです。翌日にはもう葉桜《はざくら》様の配下になっています」

「あぁ、なるほど」

「な、納得するんですかこの説明で」

「まあ葉桜だし。元気そうで何より」

「………はあ、そうですか」

じとーっとした目で俺を睨《にら》む使者の反応を見るに、葉桜の傍若無人な無双っぷりは〈ストレイド魔術学院〉の生徒たちにとって相当な悪夢だったのだろう。

「……ん？」

待てよ、と俺は小首を傾《かし》げる。

「俺はさっき異世界の存在を知らなかったのに、お前の魔法にかかったよな？　認識しない人間には、魔力は効かないんじゃなかったのか？」

「それは私の使う魔法が、認識改竄《かいざん》の魔法だからです。認識改竄魔法は『魔法がかかっている』と認知されたら破られてしまいます」

「ああ、明晰夢《めいせきむ》みたいな？」

「はい。認識改竄魔法だけは魔力を認識しない者にも使うことができます。それが、私が葉桜様に使者として派遣された理由でもあるのですが」

「じゃあ、葉桜にそれをかけて無双を止められたんじゃないのか？」

「あなたに破られた程度の魔法が、葉桜様に効くとでも？」

自嘲気味な言い方にドキッとする。使者はジトッとした三白眼で俺を睨み上げていた。

「お姉さんのことが大好きなあなたが即座に破った魔法ごときでは、葉桜様を止めることなどできません。期待外れで申し訳ありません」

自棄《やけ》を滲《にじ》ませて吐き捨てる使者は、もしかして異世界の都市で笈川《おいかわ》葉桜の暴虐を止める最後の砦《とりで》として期待されたのではないのだろうか。しかし、俺との結婚だけを強固に夢想していた葉桜には認識の改竄が一切通用せず、「期待外れ」と烙印《らくいん》を押されたとか？

「だいたい認識改竄の魔法は、微弱な魔力しか使えない持たざる者が最後の望みとして究めた魔法なのです……都市の命運を託されても困ります……今までさんざん、単純に破られる魔法だと、馬鹿の一つ覚えだと、そんなふうに評価していたくせに……」

ぶつぶつと呟《つぶや》いている内容から察するに、俺の予想は当たっているのだろう。

「なんか、あれか？　大富豪で革命が起こった、みたいな感じ？」

「はい？　一から十まで分かりません、大富豪とは？」

「いやそういうトランプゲームがあって、同じ数字を四枚以上揃《そろ》えるとカードの強さが逆転して今まで弱かったカードが……って、そんなことはどうでもいいんだ」

使者が不満げに唇を尖《とが》らせる。自分から説明し始めたくせに、とでも言いたげだ。

俺は気にせず、言葉を続ける。

「つまり、葉桜《はざくら》は魔力による攻撃を一切受けずに、支配者まで上り詰めたんだな」

「その通りです。支配者になって『きょうだいで結婚できる』という制度を成立させて、ようやく葉桜様は『ところで魔力とか異能とか、あなたたちのその能力ってどうなってるの？』と興味を持ち始めました」

「無双は終わったんだな？」

「いいえ。異世界の能力に興味を持った結果、今度は葉桜様はこちらの世界に異世界人を『送り込む』能力と、異世界人を元の世界に『引き戻す』能力を使えることに気付きました。その能力は、〈ストレイド魔術学院〉において未知の力でした」

「そりゃ、『別の世界』の存在自体が未知だったんだもんな」

「その通りです。その二つの能力で異世界侵攻をすると言い出した葉桜様を、もはや止められる人間などいません。それどころか、自分たちの都市の力を強めるために、むしろ葉桜様の異世界侵攻に協力しようとする実力者たちが集い始めたのです。だから、今の葉桜様は、むしろ異世界人たちに重宝される存在なのです」

でも私は、と言いかけて、使者はふと俺の表情を訝《いぶか》しげに見つめた。

「……あの」

そのときの俺がどんな表情をしていたか、自分ではよく分からない。しかし、心臓がやたらと激しく打っていたことだけは覚えている。恐怖や緊張のせいではない。

「さっきから、どうして嬉《うれ》しそうなのですか？」

そう。俺は嬉しかったのだ。だって、つまり葉桜は怪我《けが》をしたり痛い思いをしたりはしなかったということだ。でも自分の都市を乗っ取られた使者に対してその本音を言うのは憚《はばか》られてしまって、俺は三白眼の使者を前に無言を貫く。

俺の表情から何を読み取ったのか、使者がぼそりと呟《つぶや》いた。

「……似た者同士」

生温《なまぬる》い風が吹く。

その風に引っ張られるように、使者の銀髪がかき乱された。使者は「……ん」と少し嫌そうに顔をしかめる。

「ずいぶんと早いですね」

「は？　何が」

「葉桜様の息がかかった異世界人が現れたということです。残念ですが、弟くん。私は、あなたを早急に暗殺しなければならなくなりました。この異世界侵攻の原因であるあなたを排除すれば、葉桜様は目的を失い、〈門〉を閉じるはずなのです」

使者は低く呻《うめ》く。

「現在、〈ストレイド魔術学院〉の勢力は二分されています。一方は葉桜様の異世界侵攻に賛同する派閥、もう一方はそれに反対する派閥です。こちらの世界の存在は、まだ私たちにとって未知なのです。それを〈ストレイド魔術学院〉が侵略するなんてことがあれば、八つの都市の均衡が崩れてしまうのです」

彼女は言った。

「八つの聖園指定都市は、長い間ずっとお互いに牽制《けんせい》しあいながら均衡を保ってきました。都市間での戦争を経た末に、有力な魔術師の家系や異能者たちなどを都市の支配者と契約させ、各々の都市に魔力と異能が均等に配分されるようにしていたのです。それぞれの都市の中で一つの都市のみが特出することがないように、ということだったのですが」

使者は言葉を切って、ほぅっと小さな息を吐いた。

「未知の世界を侵略するということは、度が過ぎています。そんなことが実現すれば、〈ストレイド魔術学院〉の勢力が極端に巨大化してしまう。そんなことが罷《まか》り通れば他の都市が黙っていません。そもそも二つの世界が交わって、何が起こるか分からないという不安もあります。葉桜《はざくら》様が異世界侵攻を実現させた時点で、第八聖園指定都市の勢力が危険視され、他都市から戦争を仕掛けられることになるでしょう」

だからこそ、と使者は呟《つぶや》き、口の中で小さく呟く。

「私たちの派閥は、葉桜様の異世界侵攻に反対しています。あなたという元凶を、私はここで排除しなければならないのです」

「つまり、葉桜を裏切ったということか」

「そういうことになりますね。しかし私一人の裏切りではありません」

使者は頷《うなず》く。

「しかし、これは私にしかできないことなのです。葉桜様に信頼され、こちらの世界の使者として選ばれた私の使命です。異世界侵攻の『元凶』であるあなたを殺して、葉桜様の横暴を止めます」

使者が、スッと五指を伸ばす。その指が剣を握るような形を作ったのを見て、俺は片手を差し出した。

「待ってくれ」

「待ちませんよ。命乞いなら聞かな――」

「いいと思う」

「はい？」

「葉桜を止めるの、いいと思う」

俺の願いは、笈川《おいかわ》葉桜をこちらの世界の日常へと戻すことだ。葉桜が世界を侵略したり、葉桜が住む都市が戦争を仕掛けられたり、そんな展開は望んでいない。

笈川葉桜は、俺の姉だ。それだけでいい。異世界の支配者とか、世界を侵略した暴君とか、そんな肩書は絶対に付けさせない。おまけに学校ごと俺を異世界に召喚するなんて、そんなことさせてたまるか。

それに。

「葉桜《はざくら》を確実に止めたいなら、葉桜のことを一番よく知っている俺が必要だろ」

使者に、片手を差し出す。

「だから、殺さないでくれ。異世界から来た侵攻者たちを、俺が全部何とかするから」

「……はい？」

使者は目を見開いた。

「こんな非常時に、何を言っているのですか」

「こんな非常時だからこそ、本気で言ってるんだよ。そっちは俺のことを『元凶』と呼んだけど、たとえば俺が葉桜をこっちの世界に引き戻したらどうだ？」

俺のせいで現れた脅威を、俺が倒す。

そして葉桜の計画を阻止して、笈川《おいかわ》葉桜をこちらの世界に引き戻す。

「そっちは自分の都市が他都市に戦争を仕掛けられるのを防ぎたいんだよな。だったら俺を殺すより、俺が葉桜を取り戻す方がいいだろ。そうすればそっちは元の世界で平穏に過ごせて、俺は葉桜と元通りに生活できる。お互いにウィンウィンだろ？」

「つまり、あなたが異世界の侵略者を倒すと？」

「そう言った」

笈川葉桜が俺のために世界を壊そうとしているなら、俺が笈川葉桜のために世界を守るというのはどうだろう。我ながら、合理的ではないだろうか。

「訳が分かりません！」

使者は叫ぶ。澄んだ色をした瞳が、焦ったように一瞬だけ泳いだ。その視線が走った先にあるのは、校舎のすぐ真横に隣接している――プールだった。

「そんな世迷言《よまいごと》を聞いている時間はないのです！　まだ校舎に人がいるんですよね？　その人の身も危険です、かなり強い異能力者が現れる気配がします。一刻も早くあなたを排除して、葉桜様に『この世界を侵略する意味はなくなった』と判断させなければならないのに」

「俺を殺して、葉桜が俺の消失に気が付いて、異能者を引っ込める確信があるのか？」

我ながら、意地悪な問いだった。俺の方が葉桜を知っているぞと言わんばかりの態度で、

「怒りに任せて、この世界を丸ごと滅ぼさないという確信はあるのか？」

「……っ」

否定されないんだ。マジか、葉桜。異世界でどんだけ自分勝手に無双したら、魔法を使う異世界人にこんな扱いをされるんだ。

「時間がないんだろ。だからこそ、葉桜のことを知っている俺に託してみたらどうだ？」

「た、託すって……私たちがこんな悠長に話をしている間にも、残された生徒さんに危険

が迫ってるんですよ？」

「だったらどうして、さっき天束涼《あまつかりよう》を逃がさなかったんだよ」

俺の一言に、使者が大きく目を見開いた。

「さっき会った女子生徒だよ、俺と恋人だって魔法で騙《だま》した子がいただろ。学校が危なくなるかもしれないって、分かってたんだよな？　だったらどうして、認識をいじれる魔法を使って無理やり天束を校舎から逃がさなかったんだ」

「え、あ……それは……そもそもプロポーズを断られるなんて想定外で……」

「確かに断った俺のせいでもある、だからこそ天束を助けたいんだ。今やるべきなのはここで俺と棒立ちで揉《も》めてることじゃないだろ、絶対に」

「……お知り合いを危険な目に遭わせて、すみません」

使者があっさりと謝る。

「あの方が危険な目に遭っているのは、私のせいです」

「いや、世界が侵攻されてるのは俺のせいなんだろ」

「なるほど」

使者は、覚悟を決めるように頷《うなず》いた。

「だったら、私たち二人で助けなければ」

――【聖櫃《せいひつ》】より《顕現》。

彼女がさっきよりも省略した呪文を唱えた瞬間、俺の右手にずしりと重さが加わった。

俺の右手に現れたのは、先ほど使者が握っていた細身の剣だった。

「さっきと呪文？が違うのは何で？」

「この期に及んで、そこ気になります？　別に何も企《たくら》んでいないので安心してください。表出する言葉が重要なのではなく、内在する知覚を引き出すための手立てとして言葉が詠唱になっているだけです」

よく分からないことをのたまって、彼女はすらりと人差し指を立てた。

「いいですか、これは試験です」

使者は淡々と告げる。

「私の派閥の目的は、あくまでも笈川葉桜《おいかわはざくら》の異世界侵攻を阻止するというものです。葉桜様が送り込んだ異世界人たちが、こちらの世界の人々に干渉しないようにすることです。あなたが今現れた異能者を撤退させることができたら、あなたを暗殺することを見送って差し上げます。私とて、異なる世界の人を殺したくはありません。でも、それ以上に葉桜様の異世界侵攻を許すわけにはいきません」

冷たく言い放たれる。

「あなたが少しでも失敗しそうになったら、私があなたごと侵攻者を排除します」

「失敗したら殺されるって？」

「お姉様の暴虐を止めるためです。そのくらいの条件は呑《の》んでください、弟くん」

俺は剣を握り直す。持ち慣れない武器はどうやって握ってもしっくりと馴染《なじ》まなくて、俺の立っている世界が変わったことを否応《いやおう》なしに自覚させる。

「分かった。じゃあ、それで」

＊＊＊

「異世界人との戦闘のルールは、簡単です」

使者は滔々《とうとう》と語った。

「魔法や異能は対象に認識されないと攻撃が効きません。葉桜《はざくら》様との戦闘で分かったことです。私たちの世界では体術などの物理的な攻撃も、魔術具や体力強化の魔法を関与させているため、全ての攻撃が『認識』されないうちは無効となります。よって異世界人たちの顕現には、こちらの世界で流布している噂《うわさ》が利用されます。たとえば火蜥蜴《ひとかげ》の精石に依《よ》る炎系統の魔術も、火の玉を見たという話があればこちらの世界の人々にも通用します」

なるほど、誰もが知っている都市伝説や七不思議のようなものを利用してくると。

だとしたら、確かにそういった「噂」が多い場所として、学校はかなり異世界人にとって有利なのだろう。

「しかし異世界人たちも、〈ストレイド魔術学院〉の生徒であり葉桜様の統治する都市の市民です。葉桜様は統治者として、自分の市民を守る義務があります。だから、異世界人がこちらの世界で負傷すれば、葉桜様は異世界人たちを撤退させるしかありません。つまり異世界人たちが、この世界で戦闘不能になったら我々の勝ちです」

「じゃあ、向こうの勝利条件は？」

そう尋ねると、使者はすらすらと答えた。

「顕現の元になった噂と全く同じ展開を踏むことができたら葉桜様の勝利です。その異世界人が双方の世界を繋《つな》ぐための指針となり、〈門〉が二つの世界を繋ぎます」

「……え、あれ」

俺は思わず、目の前にいる少女をまじまじと見つめてしまう。

「一人でも顕現させればいいなら、異世界人が一人ここにいる時点で条件は叶《かな》っているのでは？」

「……私は例外なので。その条件には入らないのですよ」

「は？」

「細かいことは後です。弟くん、ルールは覚えられましたね？　復唱して御覧なさい」

「怪談を実現させたら、向こうの勝ち。その前に倒せば、俺の勝ち」

「よろしい。こちらの世界に流れる噂を実現させることができた異世界人は、人々に自分の能力が認知されたということになり、自由にこちらの世界で能力を使うことができるようになります。つまり、現世の人々を襲うことができるのです。その被害は、更に異世界人の噂《うわさ》を広めることになります。そうやって葉桜《はざくら》様は、この世界の人々に異世界の存在を認めさせて、強制召喚を叶《かな》えさせようとしています」

プールの入り口の南京錠《なんきんじょう》は、壊されていた。

まだ春先で水が溜《た》められていないはずのプールには、なみなみと水が張られていた。プールの縁にある給水栓が全開になっていて、そこから冷たい水がとめどなく溢《あふ》れている。キラキラと輝く水面の中心に、白い人影が浮いていた。

「天束《あまつか》!」

同い年の生徒会長。白いブレザー制服を着込んだ彼女は、セミロングの猫っ毛を花びらのように水面に広げている。

見えない力で水底《みなそこ》に引きずり込まれるように、彼女の体はゆっくりと降下していく。

プールの水が、まるで腕のように彼女の全身に絡みついている。俺は剣を手にしたままプールに足を踏み入れ、水をかき分けるようにして天束涼《りよう》へと駆け寄った。

水底に沈んだ彼女を抱き上げると、たっぷり水を吸ったブレザー制服の重みがずっしりと両腕にかかった。

「っは……」

天束が目を開いた。大きく息を吐き出して、咳《せ》き込む。ぺったりと額に張り付いた前髪の奥から、明るい茶色の瞳を光らせる。

自分を抱き上げている俺をはっきりと見上げ、説明を求めてきた。

「な、何？」

水面が急降下する。

体に纏《まと》わりついていた水が、俺の眼前に浮き上がって収縮し始めた。圧縮された水は人型に押し固められていき、やがて水の塊が一人の人間へとなり替わった。

それは水流のローブを身にまとった男だった。青みがかった髪に、血の気が失《う》せた青白い肌。こちらを見据える双眸《そうぼう》は、水面のような銀色だった。

「なるほど」

水底から聞こえるような、くぐもった声だった。

「この子が『元凶』か」

天束が身をよじって、俺の腕から脱出する。気丈に地上へと降りた彼女は、青白い肌をした男を見上げて再度呟《つぶや》いた。

「何、これ」

説明できない。俺だって、さっき異世界人とか何とかいう話を聞いたばかりなのだから。

「油断しないでください！」

そんな俺に向かって、プールサイドに追いついた使者の鋭い声が飛んだ。

「その水の魔人は、こちらの世界に顕現して即座に人を襲いました！　つまり彼が顕現の元にしている噂《うわさ》は、人間を攻撃するものに違いありません！」

水の魔人。そう呼ばれた青白い肌の男は、不服そうに「変な呼称をつけて、噂の影響力を弱めようとしているなぁー？」とぼやいた。

「改竄《かいざん》魔法の系譜だなぁ。改竄魔法を使う一族は限られてるっていうのに、自分でマイノリティをカミングアウトするのは魔術師としてどーなんよ。身元バレるぞ」

「今回、私は試験監督です」

「訳が分からないなぁ」

水の魔人は気だるげにぼやいて、足元の水を蹴り上げた。

「聖園指定都市――【第八】――より《奏》する」

飛沫《しぶき》となった水はそのまま刃《やいば》のような形に固まり、まっすぐに俺たちのもとへと飛んでくる。

「【アキリア森の月湖】の【水龍《すいりゅう》】に《捧《ささ》》げ――その《住処《すみか》》を【具操】する」

水の刃が天束《あまつか》に当たる寸前、使者が短く叫んだ。

「【聖櫃《せいひつ》】として《融合》――ッ！」

使者が小さく右手を振るうと、俺の腕が勝手に動いた。剣を振るって弾《はじ》き飛ばす。

空中にびしゃっと霧散した水は、しかしそのまま宙を泳ぎながら集まって結合する。そして、再び刃《やいば》の形に変わってしまった。

「大見得《おおみえ》切ったわりに反応が遅いのですが!?　弟くん！」

そして、こちらへの文句。

そんな使者に、ふと意味深な言葉が投げかけられた。

「『道具』がぺらぺら喋《しゃべ》るなよ」

そう言った水の魔人が、足元の水に踵《かかと》を落とす。道具という一言に、使者の表情がわずかに凍った。

「再度《奏》する――【水龍】の《千の牙》として《捧》ぐ」

先刻と全く同じ軌道で飛んでくる水の刃を、今度は自分で受け止める。使者が一度手本を示してくれたおかげで、何とか刃の防ぎ方は分かった。それこそ付け焼刃だが。

冷たい水が、幾度となく飛び散る。

連続で水の刃を砕けさせた俺を見て、水の魔人は楽しげに嘯《うそぶ》いた。

「異世界の力を見たのも初めてなのに、なかなか学習が早いというか……腹が据わるのが早いな。さすが、あの方の血縁者」

「『あの方』って何だよ！　何をしたらそんな名前を呼ぶことも恐れ多いみたいな呼ばれ方をされるんだ、葉桜《はざくら》は！」

斬っても斬っても再生する水を弾《はじ》きながら、呼吸の合間に俺は叫ぶ。

「恐れ多いよ、実際。少しでも近づいた瞬間に、彼女が輝くためのエネルギー源として吸収されそうになる。そもそもあの方が学院にいることを許可されたのも、前統治者が彼女自身を気に入って一人の人間として丁重に扱っていたからだ。しかし葉桜様の方は、統治者が握っている特権しか目に入っていなかった」

俺が再び振るった剣を、魔人が軽やかに避《よ》ける。足元にあった水たまりが浮上し、短剣の形になってまっすぐに天束《あまつか》へと飛んだ。

「きゃ――」

「学院で覇権を握る前統治者を打ち倒せば、勢力図がめちゃくちゃになる。学院が戦火に包まれる。そんなことは一切考慮せず、支配者の特権を『だって欲しかったから』という理由だけで奪って都市内の秩序を崩壊させた」

水の刃を天束の眼前で弾き飛ばすが、飛沫《しぶき》になった水は即座にまた刃の形になって再生する。

「まぁ俺らのように、実力さえあればいいっていう薄情な連中にとっては関係ないんだけどさ。あの方が来てから都市の平穏が一掃されたのは事実だ。見様によっちゃあ、俺たちの世界にとって最悪の厄災だぜ」

その言葉を聞いた瞬間に、刃の動きがスローモーションのように見えた。

「お、弟くん？」

剣の柄《つか》を、皮膚に食い込むほど強く握りしめる。

気が付くと、俺は怒声を上げていた。

「他人《ひと》の婚約者《おねえちゃん》のこと悪く言うな！」

水の魔人が、大きく目を見開いた。

「仕方ないだろ、葉桜は俺以外に興味がないんだから！　それだけはどうしようもないんだから、本人がどうしようもないことに文句を言うな！　悪いけどそっちが受け入れろ！」

一瞬だけ緩んだ水の攻撃を見て、使者が「弟くん！」と叫ぶ。

「このままではキリがありません。彼の能力の根源は、物体そのものに込められています。つまり水の魔人は、水のある場所でしかその能力を使うことができません」

「……ってことは、これは普通にプールの水なのか」

剣を振るって刃身に跳ねた水を払いながら、俺は呟《つぶや》く。魔人がプールに現れたのも、水を無尽蔵に使える場所だからということか。

「そうです！　だからこそ、彼は自分の能力が使える場所を好みます。この場所で戦うのは自殺行為です」

使者の声を聞きながら、俺は天束《あまつか》の手を強く引いた。

「えっ、な」

「だってさ。逃げよう、天束」

プールから脱出して、俺たちは校舎へと駆けた。


無人の校舎を、ずぶ濡《ぬ》れの少女と剣を携えながら駆け抜ける。

「ほんとにいたんだ」

不意に、天束が呟《つぶや》いた。

「あれ、プール男でしょ？」

「は？」

知らない呼称を出されたが、今はそれについて詳しく問いただしている時間はない。

「ってか、おねえちゃんって何？」

「説明すると長いけども……」

「長そうだねー、確かに」

天束はやけに楽しそうだった。

背後から迫ってくるヒタヒタという足音を感じながら、俺が向かったのはトイレだった。

『無駄です！』

絶望した使者の声が、脳裏に響く。

『プールの水だけではないのです！　一度力を取り戻せば、水を扱える場所ならどこでも魔人は能力を使用することができます。その場所には豊富な水があるでしょう、しかも逃げ場のない密室です！』

「それ、どうやって喋《しゃべ》ってんだよ」

『あなたの手にある剣を介して繋《つな》がっています。追いつかれたら終わりですよ、弟くん』

俺が天束の手を引きながら飛び込んだのは、女子トイレだった。奥から二番目の個室へと天束をぶち込み、自分も入って後ろ手に扉を閉める。

「はっ――――」

後ずさりした天束が、どさっと蓋がしまった便座に尻もちをつく。それと同時に、迫っていた足音がぴたりとトイレの前で止まった。

「無駄なんだがなあ」

水の魔人が、使者と同じことを言う。ひた、と吸いつくような足音。手洗い場の蛇口が自然に開いた音。

「ここは、好条件。――【第八】より《奏》する」

水音。

「【水龍《すいりゆう》】の《蹂躙《じゆうりん》する舌》として《捧《ささ》》ぐ」

足元に冷たい感触が当たる。俺たちが隠れている個室の床が、浸水していた。天束《あまつか》が小さな悲鳴を上げて、両足を便座の上に避難させる。しかし水位はみるみる上がり、あっという間に俺の腰まで浸水が進んでいた。

「このまま君たちを呑《の》み込んでしまおうと思う。もちろん大事な『元凶』を殺したら葉桜《はざくら》様の怒りを買うから、溺れさせるのはそっちの子だけ」

軽やかに嗤《わら》う男の声が、トイレに響いた。

「俺の『条件』は、この学校の生徒を溺れさせることだ。なぁに、死んでからプールに浮かべておけばどこで溺れたかなんて分からんだろ」

その瞬間、脳裏に使者の声が響いた。

『【聖櫃《せいひつ》】として――《融合》する』

天束涼《りょう》の体に纏《まと》わりつくように水が這《は》う。俺が手にしていた剣が、勝手に動いた。俺の意思とは関係なく、銀色の切っ先が俺の方へと向く。自分で自分の喉を狙うような体勢になった。

『【聖櫃】の【所有者】――より《逸脱》し――その頸《くび》を【一閃《いっせん》】する』

試験監督が業を煮やし始めたのだろうなと勘付いた。

「聞こえてる？」

俺が尋ねると、剣の動きがぴたりと止まった。

『……もう待てません。あなたを排除して、彼女を守ります』

「その前に質問させて。異能や魔法がこっちの人々に『ある』と認識されれば、それらの異形がこちらの世界でも顕現するんだよな」

『そ、その通りです。人々の噂《うわさ》が大きければ大きいほど、そのイメージを広く強く認識されればされるほど、私たちはこの世界に大きな力を作用させることができます』

使者の声が、耳の奥に響く。

『先ほど、葉桜様はこの学校の敷地内に〈門〉を開きました。つまりこの学校の中においては、人々の噂によって知れ渡った者たちが顕現できるということです』

噂が大きければ大きいほど、魔人たちの力は強くなる。

だとしたら――

「天束」

水の檻《おり》に包まれそうになっている天束に、俺は尋ねた。

「俺の代わりに、あれを倒してくれないか？」

「はあ？」

天束涼が一笑した。

「頭沸いてんの!?　無理無理無理、馬鹿じゃん無理に決まってるじゃん！」

水の魔人には聞こえないような小声だったが、俺の脳裏に直接声を届けている使者には問題なく聞こえたらしい。

『あなた、何をする気です？』

「俺は何もしない。使者、さっきまでの説明に偽りはないな？　噂《うわさ》が広く認識されている異形が、より大きな力を得るっていう」

『え、ええ、その通りですが……』

「天束《あまつか》、さっきプールで浮かんでいたよな。天束は一度死んだはずだ、だからあの魔人を倒せる」

「ちょっ、待って笈川《おいかわ》くん、さっきから君は何を言って――」

広く認識されている方が強い。

だとしたら、日本中の誰もが知っている『異形』ならどうだ？

「遊ぼうか」

俺は、言った。

当惑する天束に、重ねて尋ねる。

「遊びましょ」

「はああー？」

魔人の呆《あき》れたような声が聞こえる。

「おかしくなったのか？　何を言っているんだよ」

「《遊》びましょう」

執拗《しつよう》に、俺は繰り返す。

放課後の校舎に一人だけ残っていた少女。学校に現れた不審者に殺された。校舎のトイレに出没する。

条件は合うのだ。今の天束涼《りょう》に。

俺は、言った。

「【花子】さん、《遊》びましょう」

天束がハッと目を見開く。

名前を口にしただけで全てが伝わるのだから、やはり『彼女』の噂の浸透度は群を抜いている。

半信半疑の表情で、しかし瞳の奥に何故《なぜ》か――――好奇の光を滲《にじ》ませながら。

「いいよ」

天束は、嗤《わら》った。

「何して《遊》ぶ？」

剣の柄《つか》にかかっていたリボンが、大きく揺れる。

その瞬間、俺たちを包んでいた水の檻《おり》が霧散した。

＊＊＊

「弟くん！」

その声で、俺はハッと我に返った。

「開けてください、鍵！」

ガンガンと個室の扉を外側から叩《たた》かれている。俺たちの体に侵食していた水は消失していた。床も完全に乾いていて、その場には一滴の雫《しずく》もない。

「あなた、何をしたのですか。先ほど、涼《りょう》さん自身から凄《すさ》まじい魔力の気配が放たれたのです。正体不明の刹那的な魔力に、水の魔人は異世界へと強制送還されました」

葉桜《はざくら》は支配者として異世界人たちを守らなければならない。正体不明の異形を前にして、葉桜は水の魔人を異世界に引き戻すしかなかったのだろう。

「ですが、あれは目の錯覚のようなものですね。あまりにも認識が強く持たれていたので、一瞬涼さん自身が異形の力を得たのかと思いました。何ですか、今の」

使者の問いかけに、俺は「いや……」と間を置いて、

「都市伝説を実現させたら向こうの勝ちなら、その途中で別の都市伝説を重ねてしまうのはどうだろうって思ったんだけども……」

「別の？　今のが？」

「今、俺と天束《あまつか》が実行した都市伝説は、自然に発生するんじゃなくて襲われる側がわざと化物を呼ぶための呪文？ みたいなものを唱えなきゃいけないんだ。こっちの世界の人が呼ばないと発生しない都市伝説だから、葉桜も選ばなかったんだろうと思う。でも、こっちの世界でなら誰でも知ってるような話。プールの化物なんかよりもずっと」

現在の出来事を別の都市伝説に上書きしたから、水の魔人は自分の都市伝説を再現できなくなった。

使者は小さく嘆息した。

「〈門〉が閉じました。水の魔人が倒されたことで、葉桜様が自ら閉門したのかと」

使者は滔々《とうとう》と語った。

「今日のことはほんの小手調べでしょう。さっき水の魔人が消えたのも、こちらの世界に対して警戒していたから、水の魔人も涼さんが本当に異能を持った化け物かどうか確かめずに、即座に魔力を解いてしまったのでしょう。しかし、葉桜様は何があっても自分の望みを叶《かな》える方です。この学校ごとあなたを異世界に引きずり込むまで、絶対に侵攻をやめません」

「だろうな」

水の魔人は、本気で天束涼を殺そうとしていた。このままだと葉桜は、本当に無関係の人間たちごとこちらの世界を征服するのだろう。

「葉桜《はざくら》様はこれから、異世界の力をこちらの世界の人々に認めさせるために、この学校を拠点として様々な怪奇現象を起こすはずです。今日の水の魔人のように、こちらの世界の人間たちを襲って噂《うわさ》を広めようとすることでしょう」

学校の生徒たちに魔力や異能が広く認識されれば、葉桜が学校ごと異世界へと強制召喚してしまう。

「止められますか、弟くん」

笈川《おいかわ》葉桜の侵攻を、止めなければならない。

俺の大事な姉を、そんな災厄にするわけにはいかない。

「でもそれを判断するのは、俺じゃないだろ」

自棄《やけ》気味に呟《つぶや》いてみたら、使者は「……そ」と妙に間を開けて言葉を紡いだ。

「そ、うですね。あなたは一度、異世界の魔人に勝ちました。二度目を信じてもいいのかもしれません」

「まどろっこしいな。俺の暗殺は延期ってことでいいんだよな？」

「……現時点では。あなたが、有用な限りは」

本当にまどろっこしい。俺が嘆息すると、くいっと軽くブレザーの裾を引かれた。

「ねえ。説明してよ、いい加減」

ずぶ濡《ぬ》れになった天束《あまつか》が、恨めしげにこちらを見上げている。

「説明してもいいのか？」

扉の向こうの使者に尋ねると、「その前に開けてください」と扉を強く叩《たた》かれた。それもそうだ。扉の鍵を開けると、外開きの扉の向こうに使者が立っていた。

「……本当に、もう」

子供の悪行に愛想を尽かすように、使者は嘆息した。

氷山 凍
@Iteru_Hiyama
地元の都市伝説などを調査します。
日常は事実無根です。通知は切ってます。

氷山 凍 07/07
モーメントまとめは、今週中に更新します。よろしく。#プール男

RT済み

氷山 凍 07/07
今回のまとめ
・プール男の正体は、数年前に学校に不法侵入した不審者。
・現場から逃げた直後、交差点で事故に遭って死亡。
・その霊を、依頼主が呼び寄せていたっぽい?
・氷山に依頼したのは、プール男の噂を広めて同志にアピールするため?

氷山 凍 07/07
てなわけで警官に目を付けられてはかなわないので、今日は素直に調査終了して帰宅しました。
これからご飯。#プール男

RT済み

氷山 凍 07/07
人影がフェンスのあたりでも目撃されてるってのが気になる。溺れた人だけが見るわけじゃないんだ。

氷山 凍 07/07
現場の写真。さすがに不法侵入は犯罪だから、外観だけね。#プール男

氷山 凍 07/07
プール男の被害に遭った部員たちに話を聞かせてもらった。
結構詳しく話してくれたから、そのときの状況を各人ごと表にまとめてみたよ。
みんな部外者に大して警戒心が薄くてすごい。#プール男

日常は事実無根です。通知は切ってます。

氷山 凍 07/11

今日はおしまい。おやすみー。

氷山 凍 07/11

モーメントまとめは、今週中に更新します。よろしく。#プール男

氷山 凍 07/11

依頼主は、今度また事故があったら部活をしばらく停止しようと考えているらしい。

その考えに賛成した上で、打開策などを見つけられなかったことを謝罪した。#プール男

RT済み

氷山 凍

不審者=プール男?とは、まだ言えない?

氷山 凍 07/09

ただ、警察にも目を付けられてしまったということで、これ以上の調査は難しそう。

依頼主に事情を説明したら、調査打ち切りに理解を示しつつ「じゃあせめて最後に学校のプールを見せますね」と言われた。#プール男

氷山 凍 07/09

警官曰く、数年前に件の学校に不審者が侵入するという事件があったらしい。

だからここら辺は警察が今でも入念に見回りしてるんだって。

気を付けてねと言われたから、今度から調査するときはバレないように気を付けるね。#プール男

氷山 凍 07/09

浮上〜。#プール男

第二章　神は夜に目を覚ます

　この世界が俺の姉に侵攻された翌日のことである。

「おはようございます、弟くん」

「………………」

　異世界の魔術師が、昨日駅前のロフトで購入したミントグリーンの寝間着を着ている。艶《つや》やかな銀髪が朝日を反射させて、目がくらむような光を放っていた。寝起きの無防備さを一切感じさせない淡白な無表情が、その非日常じみた色とよく映えていた。

　しかし問題は、そんな繊細な見た目の少女が部屋の中央に張られた布を躊躇《ちゅうちょ》なくめくってきたことだった。

「……おい、何のために部屋の真ん中に布を張って二スペースに分けたと思ってんだ」

「そういえば何のために分けたんですか？　これ」

　着替え途中だった俺に動じず、使者は訝《いぶか》しげに壁に画鋲《がびょう》で留められた布を叩《たた》く。

「プライバシーへの配慮みたいなやつ」

「女の子みたいなこと言いますね」

「そっちが言わないから俺が言ってるのに」

「構いませんよ。だって私、弟くんの恋人なので」

「その設定、まだ生きてる……」

「あなたに付きまとうには、都合がいいですから」

サラリとした髪を耳にかき上げながら、使者は淡々と答えた。

「私の目的は、葉桜《はざくら》様の異世界侵攻を止めることです。今はあなたが異世界人たちの侵攻を止める役割を果たす、ということであなたを生かしていますが、今後もしあなたが自分の役割を放棄して逃げようとした場合は、即座に排除しなければなりませんので」

朝から物騒なことを言っている。一向にカーテンを閉めてくれる気配がなかったので、俺は諦めて着替えを再開した。部屋を区切れるサイズの布は、結構高い出費だったのに。

「それにしても、学生寮ではありませんよねここは」

「ただ単に学校から近いアパート。相場よりは安いけど、高校生にしては贅沢《ぜいたく》」

「そう思ってるなら、どうしてそんな金遣いを？」

「うちの学校、寮に入ろうとすると週末までスマホ使えないんだよ」

進学が決まったときにその点を持ち出してみたら、ただでさえ末の息子の長距離通学に危ない危ないとゴネていた母親が『一週間も野分《のわき》くんと連絡が取れないの？』と嘆いた。

俺も家族と毎日連絡できなくなると困るなとは思っていたので、母親が提案した『そこに進学するなら、お母さんの知り合いが管理してる学生向けアパートに入って！』という条件にありがたくも乗った。

「息子から電話してもらえなくなるくらいなら、アパートの賃料を払うっていう感覚になる程度に太いというか裕福な実家だから……」

「ああ、だから葉桜《はざくら》様も中流貴族の娘程度の作法を身に着けていたのですね」

「そっちの世界ではそうかもしれないけどこっちの世界では世界中のプリンセスが平伏《ひれふ》すくらい気品があるし他人の姉をナチュラルに見定めするな。俺もお前の家族を見定めるぞ」

「でも、そのおかげで私が野宿する必要がなくなったわけですし、素直に感謝です」

「そっちの世界の作法が常識だと思うなよ。俺たちの間には『そもそも世界が違う』という価値観の差があるんだぞ、見定めるな」

「話が逸《そ》らせなくなった……難しいです、この人との会話……」

昨晩、天束涼《あまつかりよう》と別れてから、俺は使者に『今晩どうすんの』と尋ねた。

『異世界に戻るのか？』

『いえ、とんでもない。お忘れですか？　私は葉桜様に刃向かって、あなたを殺害しようとしたのですよ。いけしゃあしゃあと学院に戻ったら、葉桜様に何をされるか分かりません。葉桜様の侵略行為を完全に阻止するまで、異世界には戻りません』

『……気になってたんだけど、使者に裏切られたことを葉桜は知っているのか？　そっちが黙っていればバレないのでは？』

『そんなわけないでしょう。葉桜様には私が裏切ったことや、葉桜様の異世界侵攻に反対している派閥の人間だったことはとっくにバレていますよ。そういうお方です』

そう言って、使者は深い溜息《ためいき》を漏らした。

『弟くんは……さっき、一人でも異世界人がこちらの世界に来ればいいなら、私がここにいるだけで条件に適《かな》うはずだと言いましたね』

首肯する俺に、使者は続けた。

『私は葉桜様に取り入るために、勝ち目のない決闘に挑んで大敗して、契約により彼女の【所有物】になりました。つまり私は葉桜様の配下というよりは、持ち物という扱いです。そこまで捧《ささ》げたからこそ異世界への使いを任されるほどの信用を得ましたが、市民としての権利を全て剥奪《はくだつ》されています。私は向こうの世界では、人間としてカウントされていません』

『…………』

なんだか凄《すさ》まじいことを告白された気がする。そういえば水の魔人は、使者に対して「『道具』がぺらぺらと喋《しゃべ》る」といったようなことを言っていた。

『そんな扱いでいいのか？』

『それもこれも、すべて私たちの派閥の理念を通すためです。当然でしょう』

当然なのか？　若干の疑念を抱きつつ、俺は『じゃあ』と提案してみた。

『行く場所がないなら、うちに来る？』

『……自分を殺そうとする相手を、家に泊めます？』

『いや、むしろそんな奴《やつ》が俺から離れようとするわけないし。だったら無駄な抵抗はしない方がいいというか、さすがに宿なしの状態で放置するのも』

『襲われませんか？　私』

『会ったばかりの、自分を殺そうとしている女子の寝込みを襲うような男に見えたか？』

『すみません、気を悪くしたなら』

『そんなことしたら、異世界から葉桜《はざくら》が戻ってきたときに顔を合わせられないだろ』

『……何故《なぜ》でしょう。紳士的なのに、理由で台無しにされた気が……』

『来んのかよ、来ねぇのかよ』

苛立《いらだ》った調子で尋ねてみたら、使者は意外にも『行きます』と即答した。結局来るのか。

『こう見えて良家の子女なので。実は野宿なんてしたことがありません』

『だったら最初から家に泊めてって頼めばいいのに』

『男性の家に行かせてと頼むほど厚顔無恥な性格でもないので』

『俺を洗脳してカノジョになったくせに……』

というわけで、俺は異世界の使者と一夜を明かしたわけなのである。

「葉桜様の法律改正が実施されるのは、二日後です」

二人でちゃぶ台を囲んで朝食を食べていたら、ふと使者がそんな話題を切り出してきた。

「それまでに〈門〉を完全に繋《つな》いで、異世界侵攻を進めてあなたを強制召喚します。そして四日後にあなたと結ばれる、と。葉桜様があなたと結ばれると宣言した日に、何か心当たりはありますか？」

「……あー」

ピンとくるものがあった。

「花火大会だ」

「はい？」

「今度の日曜日に、この街で神社の花火大会が行われるんだ。結構大規模で、毎年のようにたくさん人が来るんだけど――」

「なるほど、葉桜様は人の出入りが激しいその日を狙っていたというわけですね」

いや、俺たちが結婚の約束をしたのが夏祭りの日だったからです。

なんて言えるわけがなく、俺は曖昧に頷《うなず》く。プロポーズを誤魔化《ごまか》す不義理な男になってしまった。最悪だ。

「つまり、弟くん。その夏祭りの日までに、葉桜様の異世界侵攻を止めなければならないというわけです。昨日が初日として、あと二日ということになりますね」

俺の胸中など知ったこっちゃない使者が、ふんふんと頷く。

そういえば、と気になったことを尋ねてみた。

「良家の子女と言ったな」

「そうですよ。認識改竄《かいざん》魔法は、血縁のある一族の中でのみ継承される魔法なのです」

「だから昨日の水の魔人は『身元バレるぞ』って言ってたのか」

「そうですね。この魔法を使える一族は限られています」

「それは……なんというか、惜しまれないの？」

「はい？」

「そんな貴重な継承者が、こっちの世界に特攻してきたってことだろ？　貴重な魔法を使えるお前が、未知の世界で危険な目に遭ったらまずいじゃないか。いくら魔力を持たないこっちの人間には認識改竄魔法しか効かないからって、そんな珍しい魔法を使える魔術師がたった一人で乗り込んでくるなんて——」

「優等生なら、惜しまれるでしょうね」

自然と吐き出された言葉は、まるで天気の話でもしているような単調さだった。だから俺も、思わず自然に聞き返してしまった。

「劣等生なのか？」

「認識改竄魔法の使い手は、本来はなるべく自我を出さずにいるべきなのです」

俺は小首を傾《かし》げた。どういう理屈だ？

「たとえば私が自我を出して、あなたに対して『この人は初対面の女をお前呼ばわりするのか、姉の知り合いだからって甘えてるんだろうな』なんて態度を全開にしてしまったとします」

「……それは昨日、謝ったじゃん！」

「そんな私の態度を見た人が、私と弟くんが恋人同士だという改竄に違和感を持つかもしれないでしょう？　それが糸口になって、魔法が解かれてしまうかもしれません。だからこそ、認識改竄魔法を使う魔術師はフラットでいるべきなのです。あなたが素で口が悪いように、私はわりと態度に出やすいので。そういう意味での、劣等生」

「謝ったじゃん！　どうでもいいって言ったじゃん、そっちだって！」

「言いましたよ？　ちゃんと名乗らない私が全面的に悪いので、お気になさらず。あなたくらいの男の子って、年の近い女の子のことを『君』とか『あなた』とか呼びづらいから不便ですものね」

俺はぐっと口を噤《つぐ》む。俺の無礼が、いつのまにか男子全体の性質の話にすり替わっている。自分の無礼の責任くらい自分で取らせてほしかった。でもこういうとき咄嗟《とっさ》に言葉が出てこなくて、話はどんどん先に進んでしまう。

「なので私が葉桜《はざくら》様に対抗する派閥に入ったのも、一族の意向でした。私の一族は昔から、認識改竄魔法を継承してきました。認識改竄魔法は敵の魔術師を洗脳してスパイにすることも可能なため、他都市との戦闘になると前線に出されがちなのです。そのため、私の一族は穏健派です。葉桜《はざくら》様の異世界侵攻によって、自らの都市が戦線に晒《さら》されることは望みません」

「前線に駆り出されるって……たとえば今、俺の目の前で朝飯を食べているように？」

「ええ、そうですよ。劣等生なので、一族に貢献したいのです」

やけくそにも聞こえる調子でそう言って、使者は頷《うなず》いた。

はあ、と俺は曖昧に頷く。自分の一族を前線に出さないための措置で、年若い継承者である使者を暗殺者として異世界に送り込むのはオッケーなのか？　門外漢ながら、矛盾しているようにも思えてしまうのだが。

「……む」

俺の疑《うたぐ》りの視線に気付いたのだろう。使者は無表情の頬《ほお》をわずかに膨らませて、呟《つぶや》いた。

「別に私は自分だけが切り捨てられたとは思っていませんよ」

心を読まれた。

「それも魔法か？」

「あなたの顔に出ていただけですよ」

頬を膨らませたまま、使者はぼやく。

「多少厳しくされても、それは期待の裏返しです。家族ってそういうものでしょう」

「そうか？　俺は葉桜に優しくされたことしかないから分からないけど」

「……はぁ、そうですか」

使者の膨らんだ頬が、ますます大きくなった。

＊＊＊

「……で、どうしてカノジョさんが一緒なの？」

昼休みの生徒会室。

昨日「説明して」と言ってきた天束涼《あまつかりょう》に説明をするために、ここを訪れたのだが。

「なんで堂々とうちの制服じゃないセーラー服を着てるのに、全く何の騒ぎにもなってないの？」

「葉桜様が、この服装なら目立たないと」

「ぜったい嘘《うそ》だよぉ、着せ替え人形として遊ばれただけでしょーそれ」

ほぼ初対面にしては遠慮なく切り込む天束に、使者が「……ぁう」としょんぼりする。

見えない尻尾が垂れているのを幻視してしまって、思わずフォローを入れてしまった。

「葉桜は嘘はついてないぞ。この学校において、誰も彼女に違和感なんか抱かない。セーラー服も髪と目の色もスルーされているし、俺の教室に勝手に空き教室から机と椅子をワンセット持ってきて居座り始めても誰も何も言わないし、俺に四六時中くっついていても『可愛《かわい》いカップル』ってことで処理されてる。もう逃げられない」

フォローのつもりが、途中から愚痴になってしまった気がする。

「ふぅん。どういう理屈か分かんないけど、いいなぁそれ。透明人間になれちゃうんでしょ？　楽しそうじゃんね。それでカノジョさん、名前はなんていうの？」

「名乗りません」

「えぇー？　なんで？」

「私は認識改竄《かいざん》魔法を使う一族の魔術師です。無暗《むやみ》に他人に名乗らないことにしています。なので、好きなように呼んでください」

昨日、俺が交わしたのと全く同じ会話が展開される。俺も名前を聞こうとして断念したのだ。「使者」という呼称しか与えてもらえず、日常会話に大いに支障が出ている。

「──というわけで、あなたが昨日襲われていた魔人は異世界の者なのです」

「あなた、じゃなく。名前で呼んでほしいなぁ」

使者とは正反対の要求をする天束《あまつか》は、魔人の話をした後なのに花咲くように朗らかに笑う。

「私の名前は天束涼《りょう》。こちらの世界へようこそ、使者ちゃん」

「……どうも」

使者は当惑したような顔で、ぺこんっと小さく会釈をした。「涼さん」と口の中で小さく繰り返して、なぜか頰《ほお》を赤く染めている。なるほど、これが天使とまで呼ばれる少女の『魔力』か。使者が使う認識改竄魔法と同等くらいの威力じゃないだろうか。

「さて、と。だいたいの事情は分かったけど、ちょっとよく分かんないことがあるなぁ」

「疑わないのか？」

魔法並みの攻撃力を持つ笑顔が、今度は俺に照準を定める。

「実際、プールで襲われてるからねー。てか、そのことだよ。なんで昨日はわざわざ私が襲われたの？　えーと、笈川《おいかわ》くんのお姉さんの計画って『都市伝説の達成』からの『〈門〉の完成』、それから『異世界侵攻で学校ごと飲み込む』ってことなんでしょ？　そんで魔法は認識している人にしか効かないから、すでに皆が把握している都市伝説になぞらえて侵攻してくる、と」

使者がコクコクと頷《うなず》く。天束は続けた。

「だったらさぁー誰もいない校舎で私だけ襲うより、校庭に運動部がたくさんいるときに見せしめみたいに誰かを捕まえて溺れさせちゃえばよかったんじゃないの？　そうしたら、より多くの生徒が目撃しているわけだから、『化け物が出た！』っていう噂《うわさ》が広がって異世界侵攻もやりやすくなるんじゃないかな。なんでわざわざ一人でいた私を狙ったの？」

サラリと恐ろしい提案をする天束に、使者がおずおずと口を開く。

「そ、そのことなのですが……あの、涼《りょう》さん、結構目立ちますよね？　あなた一人に介入することで、噂《うわさ》の波及力が段違いとなるのではと思うのです」

「分かんない、それってどういうこと？」

「……ええと、インフルエンサーってことか？」

使者よりも早く、俺が答えた。その一言に、天束《あまつか》の肩が跳ねた。

「『どこぞの誰かが襲われた』っていう情報より、『天束涼が襲われた』っていう情報の方がみんな興味を持つからな……ってことだろ？」

天束の顔が、固くこわばる。即座に使者が「言い方」と俺の向う脛《むこずね》を蹴っ飛ばした。痛い。

「待ってよ、どうして異世界が私の波及力を知ってるわけ？　私は笈川《おいかわ》くんのお姉さんに会ったこともないんだけど」

「それは……まあ、葉桜《はざくら》様ですし」

「は？」

使者の答えに、天束が目を剥《む》く。

「え、なに。それで説明終わり？」

「この異世界侵攻の首謀者は葉桜様です。企てているのが葉桜様だという時点で、私たちの理解が及ばないことが起こることは大前提です。葉桜様だから、ある程度は『どうして』や『何故《なぜ》』を流さなければなりません。ねえ、弟くん」

「そうだな、葉桜だから多少の理不尽は仕方がない」

「……あのね、現に私は狙われてるんだからね。被害を被っている人の前で『多少』とか言わない方がいいんだからね。私が自分で言うならまだしも」

天束がしっかりと釘《くぎ》を刺す。まさしくその通りだったので、素直に「ごめん」と首《こうべ》を垂れた。

「というわけで、涼さん。あなたは他の人たちよりも、異世界人たちに狙われやすいのです。しかも昨日の水の魔人のように、向こうはあなたを本気で殺しに来るはずです」

「笈川くんのお姉さんに、私は殺されるんだ？　本当に、そんなことができるの？　ただの女の子でしょ、笈川くんのお姉さんって」

「絶対にできる、だって葉桜だから」

俺の力強い肯定に、天束が訝《いぶか》しげに目を細めた。

「相手は葉桜なんだ、天束。弟の俺がそういうんだから、信じて」

生まれてからずっと葉桜と一緒にいたが、彼女に逆らえたことなど一度もない。いつだって葉桜は鮮烈で、予測不能だった。そんな姉の本質を知っている俺は、だからこそ言葉を重ねる。俺の姉に命を狙われている少女に、交渉する。

「なあ、天束。俺たちの囮《おとり》になってくれないか？」

ぶはっ、と使者が噴き出した。今朝、自分から「顔に出やすい」と言った通り、やはりこの子は丁寧な口調とは裏腹にわりと感情が態度に出る。

露骨に動揺した使者とは対照的に、天束《あまつか》はきらりと瞳を輝かせた。新しいオモチャを見つけた猫のように、軽やかにこちらに身を乗り出してきた。

「詳しく聞かせて」

予想外の楽しそうな表情に戸惑いながら、俺は言葉を続けた。

「天束は異世界人たちに狙われやすい。俺は異世界からの侵攻を止めたい。だから天束の傍《そば》にいて、天束を狙いに来た異世界人を倒させてもらいたい」

「うわあー、なんだそれぇ。なんか条件がとんでもないことになってるけど、笈川《おいかわ》くんの提案に乗っても乗らなくても私が狙われることは変わらないんでしょ？　だったら、うん、ふつーに楽しそうな方がいいかもね」

自分が囮《おとり》にされるという話題なのに、天束は笑顔のままあっさりと首肯した。

「いいよ。じゃあ約束ね。私を守って」

それは、世にも可愛《かわい》らしいおねだりだった。

おそらくこの笑顔を向けられたら、大抵の人間は自分の命を犠牲にしてでも天束涼《りょう》という人間を守ってしまうだろう。実際、俺の隣で使者がこくこくと真顔のまま頷《うなず》いている。

そんな使者を見たせいで、俺は近距離で天束に微笑《ほほえ》まれてもいたって冷静なままだった。

お化け屋敷に一緒に入った友達が先に怖がると、自分は全く怖がれない……みたいな感覚に似ている。

「次に、こっちが説明してもらう番だ」

俺は、切り出した。

「『プール男』って何だ？」

「あれ？　逆に知らないの？」

戸惑う俺の前で、天束はスマホを取り出す。

「『氷山凍《ひやまいてる》』って知ってる？　都市伝説の調査してツイッターにまとめてるアカウント」

「つ、い？」

「あ、異世界人の君は知らないか。短い日記みたいなやつだよ。ここから『こちらの世界』の魔法であるインターネットの話になるから、頑張ってついてきてね」

「は、はい」

きゅっと両手を握り締めて、使者が頷く。この僅かな時間で、やたらと天束の言うことを聞くようになってしまった。

「氷山凍は『地元』って呼んでる架空の街で、都市伝説や怪奇現象について調査しているアカウントなの。最近、その『地元』が私たちの街なんじゃないかって」

天束にスマホを差し出される。画面を覗《のぞ》き込むと、そこに『氷山凍』という名前のアカウントが表示されていた。

「氷山凍《ひやまいてる》の作風は、いわゆる『本当にあった怖い話』だね。氷山凍は調査で起こったこと、見たことを淡々とツイッターにアップしてるんだけど、更新された情報を見直すと別の真実が見えてきたり、全く関係ないと思われていたツイートに都市伝説を読み解くヒントがあったりするの。それをフォロワーの方が考察して読み解いていくって感じ」

なんだかややこしそうな設定である。天束《あまつか》は「それにね」と身を乗り出して、

「実際に舞台として登場させる場所を取材しながら書いてるみたいで、かなり土地の描写が細かくてリアルなの。舞台となっている場所がこの街だと特定されてからは、ここが聖地ってことになってね。ここら辺の中高生の間で、今めちゃくちゃ噂《うわさ》になってるんだよ」

「はあ……」

「……もしかしてネットにあんまりご興味ない？」

天束の瞳が、訝《いぶか》しげに光る。何かを探るような色を帯びた瞳を見返しながら、俺は返す。

「俺が興味あるのは、顔が見えない相手よりも生きた葉桜《はざくら》だから」

「あ……そう、そっか。なるほど」

なぜか天束が、呆《ほう》けたように何度も呟《つぶや》く。

とりあえず天束のスマホを借りて、『プール男』をはじめ氷山凍の記事をいくつか読み漁《あさ》ってみた。使者も一緒にスマホを覗《のぞ》き込む。見よう見まねで画面を指でなぞりながら

「はぁ……」と嘆息を漏らした。

「なるほど、葉桜様はこれを利用したのですね。この記事に紹介されている化け物たちと似た能力の異世界人を送り込んで、人々に認識されやすくしようとしたのですね」

「実際、私もすぐ『あ、プール男だ』って思ったからねー。でも、どうして異世界の支配者さんがこの記事を知ってるわけ？」

「葉桜様だからですかね」

「あ、もういい。その説明もういらない、ごめん」

一通り記事に目を通して、俺はスマホを天束に返しながら感想を述べた。

「……なんか、変な人だな。これ書いてるの」

「ねー？　毎日のようにホラーなんか書いて、呪われそうとか思わないのかな」

「いや、そうじゃなく……写真もたくさん使われていてしっかり現地取材してるのが分かるし、このクオリティで毎日更新するのはすごいと思うけど、なんていうか……迂闊《うかつ》では」

「うん？」

「だってこんなふうに毎日のように調査レポをあげてるってことは、確実にこのライターはこの近所に住んでるんだよな。舞台になっている土地の名称や地形が、ほとんど脚色なしに描かれてるじゃないか。こんなの誰にでも、だいたいの居住地特定ができるだろ。ネットに疎い俺でも、この方法がまずいことくらい分かる」

「特定されると、何か困ることでも？」

きょとんとする使者は、ネットリテラシー以前の問題だ。絶対にスマホやパソコンを触らせないようにしよう。

「ネットで話題になるための手練手管には長《た》けてるのに、自分の個人情報を守るための術《すべ》はガバガバってアンバランスすぎないか。ネットリテラシーだけだったら、中学生のSNSみたいだ。通学路の写真とか最寄り駅の名前とかを平然とアップするやつ」

天束《あまつか》の表情が、一瞬だけ曇った。しかし陰りはすぐに自然な苦笑にかき消される。

「でも、氷山凍《ひやまいてる》が誰なのか、どこで何をしている人物なのかは全然まだ特定されてないいんだよね。だからネット上での追いかけっこは、今のところ氷山凍が圧勝かな」

姿を見せない都市伝説ライター。

俺は使者を振り返って、尋ねた。

「この氷山凍という人物と、恋人になることはできないのか？」

「……ね、寝取られ？」

「は？」

「えっちな話ですか……？」

「え、違うけど何で」

俺たちのやり取りを距離を置いて見ていた天束が、ぼそりと「どうしてそういう知識で異世界人が勝ってんの」と呟《つぶや》いた。使者の白い頬《ほお》が薄く色づく。

「……なあ、話を戻しても？」

「どうぞ弟くん」

食い気味で会話の主導権を戻され、俺は臆しながら話を続けた。

「えぇと……このツイッターを見れば、葉桜《はざくら》が送り込んでくる異世界人の能力や特徴を推測することができる。おまけに氷山凍に頼めば、ある特定の都市伝説を流行《はや》らせることもできる。そうすれば、次に葉桜が送り込んでくる異世界人がその都市伝説に寄せたものになるから、対策ができる。それに、天束涼《りょう》という囮《おとり》を組み合わせれば――」

「ゆ、誘発するつもりですか？　葉桜様の襲撃を」

「どうせ、葉桜は俺たちの世界への侵攻をやめない。だとしたら、襲ってくる敵くらい俺たちが選びたいじゃないか」

「そんな考え方……」

呆気《あっけ》にとられる使者の横で、対照的に天束は興味深そうに目を瞬《まばた》かせている。

「でも、どうやって氷山凍と接触するの？　向こうは、君の言葉だと『中学生みたいなネットリテラシー』のくせにインターネット集合知に正体を掴《つか》ませない現代のニンジャだよ？　どうやって口説きに行くわけ？」

「…………」

「うん？　なんで言い淀《よど》む？」

そのとき、予鈴が鳴った。

聞き慣れたチャイムの音に、天束《あまつか》が慌てて席を立つ。

「あ、ごめん。私、職員室に報告しないといけないんだった。朝来たら、プールの鍵が壊されてた上に水が張られてたから、不審者が入ったんじゃないかって先生たちの間で騒ぎになってたの。昨日は生徒会の仕事で私が下校時刻のあとに残ってたから、そのときに何か異変がなかったかって聞かれて」

「そんなの、生徒会長として自分が見回りのために開けたって言えばいいだけじゃ」

「プールの鍵は一年中使うわけじゃないから、生徒会室で保管してないの。体育の先生が職員室で管理してるから、生徒会長の私も勝手に使えない」

でも安心して、と天束は軽くウインクをした。

「異世界人のことなんて言うわけないからさ。口は堅いよ、私」

はわ、と使者が目を輝かせる。

「だって先生に変な子だと思われたら嫌だもん」

使者が「はわ……」とさっきと同じ音を喉から吐き出しながら、しょんぼりとした顔をした。そんな使者を見やって、天束がくふっと微笑《ほほえ》む。天使の笑顔とは言い難《がた》い苛《いじ》めっこみたいなほくそ笑みだったが、それでも魅力的な表情に思えてしまう。良くない。

俺たちが廊下に出ると、通りすがりの女子生徒が涼《りょう》に声をかけた。

「あー本当にジャージなんだ、涼ちゃん」

「ああ、はいはい」

困ったような苦笑で肩をすくめる天束は、今朝からずっとジャージ姿なのである。うちの学校はブレザー制服は白を基調とした洒落《しゃれ》たものなのに、ジャージは目に眩《まぶ》しい赤という絶妙にダサいデザインをしている。だから体育の時間でもないのに一人だけぽつんとジャージでいると、非常に目立つのだ。

「ちょっと濡《ぬ》れちゃって。制服」

水の魔人によってずぶ濡れになったブレザー制服は一晩で乾かなかったが、一応学校では制服を着なければいけない……ということでジャージになったという。

女子生徒と「じゃねー」と手を振って別れてから、天束は俺に向き直った。

「みんなに突っ込まれてるんだよ、今朝からずっと。なんだかね」

辟易《へきえき》している天束を見て、使者は「…………」と胡乱《うろん》げな瞳で俺を見上げた。

「……もしかして、囮《おとり》ってそういうことです？」

鋭いところを突いてくる。

「じゃあねー、二人とも。私は職員室に行ってくるから」

「待ってください、涼さん。この人、たぶん涼さんにまだ話すことがあります」

とっさに逃げ出そうとした俺の手首を、使者がむんずと掴《つか》む。エメラルドグリーンの大きな瞳をまっすぐに俺に向け、幼い子供に諭すかのようにゆっくりと話した。

「あのですね弟くん、これは喩《たと》え話なのですが……命を狙われたプリンセスを、本人には真実を告げずに助けるってのは……いかにも騎士《男の子》って感じかもしれませんけど、対等な関係ではないですからね」

「………」

その言い方はストレートに刺さった。使者の喩え話はあまりにも直球である。

案の定、勘の鋭い天束《あまつか》は即座に核心を掴んできた。

「……もしかして笈川《おいかわ》くん、さっきの会話の中でなんかイキったの⁉」

憧れのアイドルを前にしたファンのような可愛《かわい》らしい黄色い声で、全く可愛くない内容の歓声を上げる。

「えー何⁉　知りたい教えて何それ！　委員会で女子の先輩たちとばっかかつるんでるイメージだったのに、笈川くんって並みの男の子らしく女子の前でイキれたの⁉」

「聞いてあげてください、涼《りょう》さん。この人、自分が悪役になって場を収めようとしました」

「うわーめっちゃ男子って感じ！　そういう『男らしさ』はやめた方がいいよ！」

いつまで経《た》ってもフリーズして口を開かない俺を見限ったのか、使者は「あのですね」と口早に俺が隠したことを話し出した。

「涼さんが囮《おとり》作戦に了承しようがしまいが、関係なかったんです。涼さん、あなたもうとっくに餌になってたんですよ」

「は？　何それ、餌？」

「氷山凍《ひやまいてる》さんを釣るための餌です。あなたはもう、『プール男の被害の噂《うわさ》』という餌になっているのです」

「噂？　だって、それは昨日退治したんじゃ――」

言いかけて、天束はそのまま閉口した。おそらく彼女も、使者の言わんとしていることに気が付いたのだろう。

壊されていた鍵。水が張られたプール。そして「濡《ぬ》れてしまったから」という曖昧な理由でジャージを着ている天束涼。

「涼さんにまつわる噂は、広まるのが格段に速い……そう言ってはいましたが、あなたがジャージを着ているだけで、もう学校中に『天束涼に何かが起こった』という情報が出回るのですね。びっくりです。おまけにプール男の都市伝説は、今この学校の生徒たちが最も熱狂する話題なのですよね？　今日中に『天束涼はプール男に襲われたんじゃないか』という噂が学校中に広まりますよ」

「………」

「その噂が、都市伝説の発信源である氷山凍のもとに伝わらないはずがありません。記事を見る分に、氷山凍《ひやまいてる》さんはかなり熱心に取材を行っているのですよね？　怪奇現象の舞台として選んだ場所の情報収集も、かなり綿密に行っているはずです。近いうちに、必ずこの学校を訪れます」

つまり、と使者は言葉を切って、

「涼《りよう》さん、あなたもう手遅れなほど台風の目なんです。囮《おとり》どころじゃなく、もうあなたという強大な餌に食いついてるんです。氷山凍さんと、その方が呼び寄せる不思議な現象に目を付けられています」

夜の湖面のような静かな光を浮かべた翠《みどり》色の両眼《りようめ》が、もの言いたげに俺を向く。

「意図せず異世界侵攻に巻き込まれたお嬢さんを守りたいと言ったらあまりにも王子様すぎるから、『守ってやるから囮にさせろ』に言い換えたんですね。年頃の男の子、全くもって素直じゃないですね」

不意に、長い溜息《ためいき》が聞こえた。

気怠《けだる》く吐息を漏らしたのは天束《あまつか》涼だった。

「……いやぁ、そう言われたところで前提としての異様な身内贔屓《シスコン》があるから、別に王子様には見えないけどもさ」

バッサリと切り捨てながら、天束は俺を見定めるように凝視する。

「たぶん、ただ『守りたいんだ』って言うだけじゃ、私が『舐《な》めてんの？』ってイラつきそうだから交換条件ってことにしたんでしょ。囮にするなら守るくらいしろよ、って私に思わせるため？　それとも恥ずかしかっただけ？　どっちかなぁ」

　一瞬だけ天束の表情が能面のように固まり、それからふっと解けるように苦笑した。

「ダルい手順を踏ませたね。いいよ、笈川《おいかわ》くん。どのみち私は男気を浴びせられるのも塔の中で守られるのも性に合わないんだから、私のこと存分に囮にして利用しちゃってよ。で、私は餌として何すればいい？」

「……じゃあ、今夜」

　やけっぱちで、俺は口を開いた。変に気を遣ったところで全部見抜かれるのだ。だったら遠慮なく。

「使者が言った通りだ、近いうちに氷山凍はこの学校を訪れる。今夜から張り込みをして、氷山と接触したい」

「今夜からぁ？　いきなりじゃん」

　さすがに天束が渋る。しかし意外なことに、「そうですね」と使者が俺の意見の味方をしてきた。

「氷山凍さんを私たちの仲間にして都市伝説の根源を押さえるまで、いつどこで〈門〉が開くか分かりません。だから弟くんが確実に涼さんを守るために、一緒に張り込みをしていただくのがいいかと思います」

「仮にも君のカレシでしょぉ？　他の女とくっつけようとしていいわけ？」

天束《あまつか》の問いかけに使者はきょとんとして、「……仮なので」とあっさり頷《うなず》く。おそらくそういうところが、今朝の劣等生云々《うんぬん》の話に繋《つな》がるのだろう。でもその迂闊《うかつ》さはいっそ清々《すがすが》しいほどで、なんだか劣等生と切り捨てるのを躊躇《ためら》ってしまう。

＊＊＊

その日の晩、俺たちは学校へと再び戻った。

意外なことに、渋っていた天束涼《りょう》は約束の時間よりも早く来てくれた。そんな天束は、使者と共にやってきた俺を一瞥《いちべつ》して「げぇ」と顔をしかめた。

「ちょっと、なんでそんな怖い顔してんの」

「いや……駅まで迎えに行くべきだったんだよなぁ、と今更ながら気付いて……」

「はあ？」

実はさっきまでカーディガン代わりに大判のストールを羽織っていたのだが、その格好でセーラー服姿の使者と歩いていたら、途中から後ろについてくる人影があった。もしかしてと思ってストールを外して敢《あ》えて使者に話しかけてみたら人影は消えたので、おそらく俺の格好のせいで女子だけで夜道を歩いている二人組に見えたのだろう。そんな夜道を天束に一人で歩かせてしまったということに気付いた罪悪感の顔である、これは。

「帰りは絶対に送っていく」

「『暗いのに一人で歩くなんて危ないですよ、送っていきます』って言って女に近づくのは、そのまま家の場所を知ろうとする不審者だって相場が決まってるんだよなぁー」

「…………」

「冗談だよ、気持ちだけ貰《もら》っておく。気持ちだけで充分」

きっと本当に、それだけで充分なのだろう。夜中の校門を平然と潜《くぐ》りながら、天束はあっけらかんと笑った。

「てか、そこまでは約束されてないし。私を囮《おとり》にする代わりに守るっていう、それだけでしょ？　その約束があるから、素直に従って張り込みに来たんだよ。生き餌にされたからには、守ってもらわないと」

「そりゃ約束したから絶対に守るよ」

そう言ったら、天束は驚いたように口を開いてから「……あっは」と困惑したように苦笑した。昼間も見た顔だ。天束涼は、照れたように困る。

「お化けより怖いなぁ、もう」

どういう意味だ。

「ほんとに氷山凍《ひやまいてる》が来るのかね。ていうか私が全く襲われる気配もなかったら、本当に来ただけで損なんだよなぁー」

「ご心配なく」

濃紺のセーラー服を夜の闇に溶け込ませながら、使者が淡々と答えた。

「相手は葉桜《はざくら》様ですから」

「そうだな、笈川《おいかわ》葉桜だ」

「……ねえ、二人だけの共通言語で話すのやめてくれない？」


その人物が現れたのは、八時半ごろだった。

「あっれー？　うっそ、なんだよ先客か?」

その人物の姿がはっきりと見えたとき、俺は思わず絶句してしまった。

近づいてきたシルエットは、間近に来るとかなり小さかった。背丈は俺の胸元くらいまでしかない。極端に露出が少ない天束涼《あまつかりょう》とは対照的に、風が吹いたら全部ずり落ちそうなくらい薄っぺらいオーバーサイズのパーカーと、短いショートパンツだった。

目深なキャップをおもむろに脱ぐと、その下からパサリと濡《ぬ》れ羽色《ばいろ》のショートヘアが現れた。長い前髪の奥に、黒曜石を嵌《は》め込んだような爛々《らんらん》と輝く大きな瞳が見える。

「………………あっははぁ！」

それは、幼い少女だった。

「すっご！　マジかよ有名人じゃん、天束涼《あまつかりよう》だ！　『ぼくの天使。』！」

「え？」

天束の表情が、一瞬だけ凍った。

「ずぶ濡《ぬ》れの理由を邪推した連中が勝手に噂《うわさ》してるだけだと思ってたけど、ここでご本人様が待機してるってことは、もしかしてあんたも都市伝説の化け物が本当にいると思ってたわけ？　もしかして結構電波ちゃん？　氷山凍《ひやまいてる》と同類じゃーん！」

不躾《ぶしつけ》なマシンガントークに、俺の背後にいた天束が身をこわばらせた。

「ねえねえ、天使さん。あんた、本当のところは何があったんだよ？　凍の創作の化け物が襲ってきたわけじゃねーだろ？　だったら何なの？　おねがいダーリン、見て聞いて！作者特権で小織《こおり》にだけ教えて！」

どうして氷山凍が、ネットリテラシーがゴミでも正体を暴かれなかったか。

その理由を、一瞬で理解する。

「中学生か？」

俺が尋ねると、少女は警戒心の中に高揚を滲《にじ》ませた目でこちらを見上げた。

「……いや、違うな」

思わず天を仰ぐ。中学生だろと指摘されて喜ぶ中学生はいない。喜色を滲ませるということは、

「小学生か」

「んだよ、女子に振る最初の話題が年齢って。すげぇ不躾じゃん？」

そんな少女の態度に、使者は「……あわ」とすっかり臆してしまっている。翠《みどり》色の双眸《そうぼう》が、完全に別の生き物を見る目をしている。

「ねえ、もしかして氷山凍さん？」

核心を尋ねたのは、天束だった。

少女の口元に、挑戦的な笑みが宿る。

「はっ、そうだよ。だとしたら何？　ネットにリーク記事でも書くわけ？」

「書くわけないでしょ、そんなことして何になるの？」

「あんたがそれ言うなよぉー！」

少女のツッコミに、天束の細い眉が鋭く跳ねた。その不快そうな表情の理由は分からなかったが、とにかく、氷山凍が正体を隠し通せた理由は分かった。

ツイッターの更新頻度がほぼ毎日というくらいネット漬けで、おまけに深夜の街を徘徊《はいかい》して調査をしているような謎のライターが、まさか小学生だなんて誰も思わないはずだ。

「君の本名は？」

「有名人の天使様だから答えちゃおー！　小織はね、夜見《よみ》小織ってゆーの。氷山凍に比べたら平々凡々な名前だろぉ？」

「氷山凍《ひやまいてる》と夜見《よみ》小織《こおり》ちゃんね、覚えた。あと私のことは名前で呼びなさい、私の名前は天《あま》東涼《つかりよう》っていうんだから。ねえ、ここには子供だけで来たの？」

「そーだよ！　調査は極秘なんだから！」

「こんな夜に？」

「夜じゃねーとホラーじゃねーじゃん！」

天東は困ったように俺の方へと視線を投げる。学校一の人気者である天東のコミュニケーション能力をもってしても、匙《さじ》が投げられるレベルらしい。

そんな天東に一瞥《いちべつ》をくれてやって、俺が引き継ぐ。

「……中学生みたいなネットリテラシーって馬鹿にして申し訳なかった。ただ年相応にネットを使ってたんだな、氷山凍は」

「ぁん？　それって悪口ぃ？」

「あ、あのですね……この人の不躾《ぶしつけ》さにいちいち『悪口か？』と思っていたら会話が進みませんよ？　本当に……わりと意味不明なこと言うので、この人……」

「おい、それどういう意味だ」

「うるせーカップルはそこら辺の木の陰で乳繰り合ってろ！　そして小織ちゃんと天東涼だけを場に残せ！　残り物同士でくっつくラブコメみてーな展開にしろ！」

「すみませんやっぱりカップルじゃありません」

使者がきっぱりと答えて、人差し指で空間を斬る。

「聖園指定都市――【第八】――より《命》じる――【覚醒】を」

その瞬間、夜見小織がきょとんとして使者を見つめて「あれ……ほんとだ」と呟《つぶや》いた。

「なんで小織、恋人って……それに、なんだその髪と目。コスプレ？　ウィッグ？」

小織は夢から醒《さ》めたように、俺と使者を交互に見やる。俺は「おい」と使者を振り返った。

「何で解いたんだ。そっちがかけたんだろうが、このけったいな魔法は」

「すみません、ついうっかり……何故《なぜ》でしょう、この子に対して恋人設定するの面倒くさそうだなと思ってしまって……私は恋人設定にした方がスムーズに進むだろうと思って認識改竄《かいざん》をしていたのですが、この子の場合は逆に厄介になりそうで……」

魂まで出そうな勢いで深い溜息《ためいき》を零《こぼ》しながら、使者は小織の表情を覗《のぞ》く。

「聞いてくださいね、夜見小織ちゃん。私はこの世界の人間ではありません。詳細は後程、今は簡潔に説明します。あなたによって広められた都市伝説が、異世界の侵略者に利用されているのです。あなたが広めた怪物たちと同じ能力を持った異世界人たちが、この世界に送りこまれてきているのですよ」

「うっそ、まじ!?　『俺の時代』ってやつじゃん！」

ふざけてんのか。イラッとした俺の反応に気付いたのか、使者が「あの……」と呆《あき》れた調子の一瞥《いちべつ》を飛ばしてくる。

「弟くん、いくら実のお姉さんしか守備範囲内に入らない年上フェチだからといって、守備範囲外の子への態度が悪いのはどうかと思いますよ」

「そっちも俺への態度が結構悪いからな？　そして俺の守備範囲が『姉』一択のように語るな」

「事実ですよね？　年下と同級生には興味ないでしょう？」

「その話題に小学生を入れるな」

俺が使者と己の尊厳を賭けた対話をしている間にも、小織《こおり》はぴょんぴょんと小躍りしそうな勢いで喜んでいる。

「すっごい！　じゃあ天束涼《あまつかりょう》が『何か』に襲われたんじゃないかっていう噂《うわさ》も、事実だったんか！」

「その噂を流してた人たち、全員まとめて痴漢に遭った女に対して『可愛《かわい》いもんね』って言いそうでキッツいなぁー」

涼やかな笑顔で切り捨てた天束は、天使の巻き毛のように柔らかな髪をかき上げつつ小織を見下ろす。すごい。使者が一瞬で沈められた相手と渡り歩いている。

「ずいぶんあっさり異世界を受け入れるのね。私の代わりに異世界人に狙われてくれないかなー」

「それ誰に頼めば実現すんの？　人事担当の電話番号を教えてくれよ」

「人の話を聞けないバイトは持て余されるよ、ちゃんと聞いて。氷山凍《ひやまいてる》がツイッターに書いたものが、現実になってるの。小織さんだよね。あなたも氷山凍と無関係じゃないんでしょ」

「あっはは、マジで最高！　もっちろん小織も無関係じゃねーし！　てかむしろ、もっと仲間に入れてくれ！　ねえ頼むよぉ、小織にも見せて、その『何か』！　作者には二次創作を見せないってルールがあるわけじゃないだろ？」

「見て、どうするつもりなの？　氷山凍のアカウントで否定してくれるのかな」

「その逆に決まってんじゃん！　大々的に紹介して、どんどん噂を広めてやるんだよ！」

その瞬間、使者がぴくんっと細い眉を跳ねさせる。

それはまさに、異世界人たちにとって僥倖《ぎょうこう》と言える一言だった。

「……いけませんね」

彼女の五指が、俺の右手に軽く絡む。当然のように恋人繋《つな》ぎをされたことに照れたり戸惑ったりする暇もなく、俺の視界が一変した。

天空に君臨する、荘厳な学院。

逆さづりの城門から、屋上へとまっすぐ降りる光の筋に、校地内を囲む白い幕。

姉によって支配される異世界の都市――〈ストレイド魔術学院〉。

「〈門〉が開いています。天束涼《あまつかりよう》がいることと、氷山凍《ひやまいてる》が自ら噂《うわさ》を広めると宣言したこと。

その二つによって、魔人が力を得やすい条件が出来上がったようです」

「あっ何それ！　キラキラ髪のねーちゃんに触ると、なんか見えんの!?」

叫ぶや否や、小織《こおり》がしがみつくように使者の半身へと抱き着く。あまりの勢いの良さに、使者が「ぁう」と変な声を上げてよろめいた。

使者に触れると、世界が交錯する。彼女が見ているものが、見えるようになる。

天空に君臨する異世界の学院を目にした夜見《よみ》小織は、ぱぁあっとその表情を輝かせた。

まるで憧れの有名人が目の前に現れたかのような反応だ。

「『プール男』に模した水の魔人は、すでに討伐されています。こちらの世界により強い力で干渉するということは、彼の肉体もよりリアルに顕現していたということ。昨日こちらの世界で受けたダメージは、未《いま》だに異世界に戻った彼にも残っているはずです」

「つまり、魔人は顕現してこない？」

「ええ。現時点で、この学校に流布している噂である『プール男』は顕現することができません」

なるほど、と腑《ふ》に落ちた俺の目の前で、小織は嬉《うれ》しそうに叫んだ。

「じゃあ、別のやつでいいよ！」

「…………は？」

「つまり『プール男』は昨日の時点で氷山のツイッターの中で最も話題になっていたから、魔人のターゲットにされたってことだろ？　それが倒されちゃったなら、別の都市伝説を話題のツイートにしちゃえばいいだけじゃん。ちょっと待って、今ねー過去のツイートの中から今この場で再現できそうな都市伝説を探すから！　何がいいかなー？」

そう言って、小織はウェストポーチからスマホを取り出す。暗闇の中で画面が明るく光る。眩《まぶ》しく光る画面上を、小織の指がよどみなく動いた。

「おい、待て。やめろ」

「あ、これいい！　学校の校庭でやるっていう設定だったやつだ、それに人数もぴったりじゃん！　この学校の写真を撮って意味深に無言アップしてから、このツイート群をリツイートすれば『プール男』に盛り上がっていたのと同じ層が食いつくよ！」

「やめろ、こっちから危険に飛び込むことになるんだぞ」

「だぁって小織だって本物を見ないと納得できねーもん！」

「だから――」

「でもさぁ、笈川《おいかわ》くん。君の計画って、元々そういうものじゃないの？」

刃《やいば》のように鋭く切り込んだ一言は、天東涼の声だった。

「…………は？」

振り返った先に、天東涼の整った微笑があった。

「氷山凍《ひやまいてる》を利用してこっちから異世界人を呼ぶっていうのが、君の作戦だったじゃん。今ここで氷山が異世界人を呼んで、何が困るっていうの？」

「待てよ、天束《あまつか》」

思わず、食い気味に尋ねてしまった。

「だって、それを言ったときは――」

その話をしたときは、魔人の傍《そば》に小学生がいることをイメージしていたわけではなかった。子供を巻き込む前提の計画ではなかった。

「約束を思い出さなきゃ、笈川《おいかわ》くん。私を守って、異世界人を倒す。約束したのはそれだけ」

それにね、と天束は悪戯《いたずら》っぽく囁《ささや》いた。

「私のことは囮《おとり》にしてオッケーで、子供たちは見逃すって、それってちょっとひどいんじゃない？」

天束が一歩を踏み出して、俺のもとへと近づいた。彼女の華奢な手が、絡みつくように俺の両肩に触れる。

「この場合、君が一番誠意を見せないといけないのって誰？」

「…………っ」

そんなの、囮にした天束に決まっている。

でも。

「一人目が動いて、隣の人間に触れる。それは、儀式が始まっちゃうよ」

夜見小織《よみこおり》が、心底愉《たの》しげな声を上げた。

「あーあ、天束涼《りょう》。それは悪手だろ」

小織の訳の分からない独白を無視して、不躾《ぶしつけ》な一声が切り込んできた。

「大丈夫ですよ、涼さん！」

使者が、凛然《りんぜん》と叫ぶ。

「弟くんだけじゃ頼りにならなくても、私もあなたたちを守ります！　当然！」

「…………」「…………」

絶句する俺の横で、天束もぽかんと口を半開きにした。

悪いけど、使者。議論の論点は、そこじゃない。

でも、その若干ずれた返事を聞いて、ようやく天束の顔を見返すことができた。さっきの底知れない威圧感とは一転、当惑の色を浮かべた彼女の瞳がきょとんとして俺を見上げている。

「それに、葉桜《はざくら》様が動いたのですよ。もう私たちに退く選択肢などありません」

笈川葉桜という俺と使者との共通言語が、あっさりと俺から選択の自由を奪い去っていった。

「葉桜《はざくら》様が、氷山凍《ひやまいてる》という道具の性能を試そうとしています」

「はん、分かんねぇな。氷山は創造主だぞ？　道具どころか、いわば神だぜ？」

気だるげに首をひねる小織《こおり》は、天空の校舎を見上げながらやはり一切怯《ひる》まない。俺は思わず息を吐き出した。

「確かに、どうせ葉桜からは逃げられない」

「そうですよ。私だって、逃げられたらとっくに逃げてます。それが叶《かな》わないのが葉桜様です」

「じゃあ、決まりね」

パチン、と天束《あまつか》が両手を合わせた。そういえば彼女が俺との協力を呑《の》んだ理由は、楽しそうだからの一言だった気がする。

天束涼《りょう》は、実際、とても楽しそうな笑顔を浮かべていた。

「ちゃーんと守ってよ、使者ちゃん。お姉さんのことが世界で一番大事な笈川《おいかわ》くんだけじゃ心許《こころもと》ないもん」

「安心してください。甘えたがりの弟気質が炸裂《さくれつ》している人にだけ任せるつもりはありません」

「よかったぁー！　異世界人さんにも笈川くんの頼りなさが伝わっててよかった！　私に

も使者ちゃんとの共通言語があったねー！」

　そして、何故《なぜ》か使者と二人で俺をこき下ろす会話で盛り上がっている。天束の言葉は、さっき俺と使者が「笈川葉桜」という共通言語で天束を仲間外れにしたことへの当てつけなのだろうが、まさか今後そのノリで友情を深めるつもりなのだろうか。

「――じゃあ、《始》めよっか」

　天束涼は、軽やかに言った。

「今からやるのは、『見えない五人目』の儀式だ。……ってか、天束涼が最初の一歩を踏んだおかげでこれを選ばざるを得なくなったんだがな」

　小《ち》っちゃいシルエットがくるんっと一回転する。

「さぁて、ルール説明だ！　四角形を作るようにして立つ！　一人ずつ隣の奴《やつ》に歩いて行って背中タッチ！　タッチされた奴は次の奴へと歩いていき、またタッチ！　一周すると願いが叶うってわけなんだな！」

　高らかに叫んで、小織は胸の前で両手を組んだ。

「何でも欲しいもの買ってくれる優しいパパがほしいよぉー！」

「……それ、血縁関係がない方のパパのこと？」

「やめろ天束」

使者がきょとんと小首を傾《かし》げたのが見えた。説明してくれとせがんでいる翠色《みどり》の瞳を無視する。

とにかくその都市伝説は、噂《うわさ》や流行に疎い俺ですら知っているほどに有名なものだった。四人で一周しようとすると、最初の位置に誰も立っていないので四人目で途切れるはずなのだが、何故《なぜ》か一周が叶《かな》ってしまうというものだった。

おまけに得意げに詳細を説明する小織《こおり》によると、小織はオリジナル要素として「一周すると、最初の一人目が誰かに襲われる」という物騒なものを付け加えてしまったらしい。

最初の一歩を踏んだ発端は、天束涼《あまつかりりょう》だ。

「……っ」

天束が一人目になるなら、つまり天束に両肩を掴《つか》まれた俺こそが次に動く人間ということになる。俺がタッチすることになる三人目は、今の立ち位置としては使者だ。

つまり氷山凍《ひやまいてる》の流した都市伝説になぞらえて異世界人が「五人目」として顕現するとしたら、最も危険なのは「五人目」に襲われることが確定している天束涼で、二番目に危険なのは「五人目」に直接触れることになる小織だ。

何で、よりにもよって。

「さあ、とっとと歩けよ。美女に背中押してもらって迷いを見せんのは不義理だろ」

全く危機感を抱いていない小織の揶揄《やゆ》を聞きながら、俺は唇を噛《か》んで思案する。

「そうだよ。せっかく氷山凍が直々に協力してくれて、小織ちゃんも乗り気なのに」

全くもって楽しげな天束は、せめてもっと危機感を抱いてほしいくらいなのに。

そんな「氷山凍」という虚構の人物をロールプレイしなくても――

「…………………あ？」

ちょっと待て。

「笈川《おいかわ》くん？」

小さく爆《は》ぜる違和感。

眼前の天束に肩を突かれる。暗闇でも爛々《らんらん》と輝く明るい瞳が、訝《いぶか》しげにこちらを覗《のぞ》き込んでいる。

さっきまで喜色しかなかった双眸《そうぼう》に、薄《うつす》らと警戒の色が浮かんでいた。

「どしたの」

「………いや」

両手を拳に握って、努めて冷静を装う。

そうだ。異世界人たちが本当に氷山の都市伝説になぞらえて襲撃を行っているとしたら、
氷山が描写していなかった部分はどうなる？

そこには、解釈の余地が挟まるのではないか？

俺は一歩を踏み出した。

視線の先にいる、闇夜でも目映《まばゆ》く光る白銀の少女へと近づいていく。刀身のようにすらりと背筋を伸ばした彼女が、ついさっき切った啖呵《たんか》を思い出す。

「お、弟くん？」

手を伸ばせば届く距離まで歩を進めて、濃紺のセーラー襟の肩に触れる。そのまま身をかがめて、白銀の奥から覗《のぞ》く耳朶《みみたぶ》に、そっと言葉を吹き込んだ。

俺の一言を聞いた瞬間、エメラルドグリーンの瞳が見開かれた。

俺に肩を押された使者が、小織《こおり》に向かって歩き出す。少し足早に小織の正面へと向かった彼女は、そのまま小織の背中を思いっきり押した。

「逃げてください、小織ちゃん！　討たれようとしているのはあなた――氷山凍《ひやまいてる》です！」

俺が囁《ささや》いた言葉。

『噂《うわさ》の根源である氷山凍を消せば、異世界人の顕現を防ぐことができるんじゃないか？』

私が守りますと宣言した彼女が、本気で危機感を抱けそうな言葉を選んだ。

思った通り、使者は俺という脅威から小織を守るために警告をした。しかし問題は警告された側。

「はっ、美人が男の口車に乗っちゃ終わりだろ」

小織が、駆け出した。

一人目――天束涼《あまつかりょう》が立っていた場所を目指して。

迷いのない足取りで誰もいない空間へと走った小織は、天束が最初に立っていた場所に両手を伸ばした。細腕を大きく広げたまま天束がいた場所に飛び込んで、

「据え膳は喰《く》うもんね！」

誰もいない空間を、力強く抱きしめた。

小織に抱きすくめられた空間が、ぐにゃりと歪《ゆが》む。一瞬の歪みで、そこに何者かが立っていたことが明らかになる。

氷山凍は調査報告の中で、一人目の悲鳴が聞こえてからすぐにスマホの懐中電灯を起動させたと言っていた。それでも襲撃者の姿は見えなかった。一人だけを襲って消失するような霊だったと解釈することもできるが、そんな臆病者を笈川葉桜《おいかわはざくら》が異世界侵攻の駒に選ぶわけがない。

一人目だけで終わったわけではない。放たれたのだ。

そう解釈する方が、葉桜の異世界侵攻の目的には合っている。だとすると、ここで現れる襲撃者の正体は。

「聖園指定都市――【第八】――より《解放》する――……」

襲撃者は、透明。

「【幻影黒城の霊廟《れいびょう》】の【聖蝋《せいろう》】に――……《揺蕩《たゆた》》い――……の、《遺志》を【投影】する――……」

空気が震える。四人目に触れられた異世界人が、都市伝説の通りに力を得始める。

しかし透明でも、氷山《ひやま》の都市伝説では四人目は襲撃者に触れることができた。小織《こおり》は、その条件を見逃さなかった。

四人目は、襲撃者を捕獲することができるのだ。

「【黒城の騎士】より《与《くみ》》する【一閃《いっせん》】――――……っ」

「我が【所有者】の《聖櫃《せいひつ》》より【顕現】!」

パチンッと空気が弾《はじ》ける音。使者が指を弾いた。

俺の右手に重さが落下する。使者の髪と同色の剣が現れたのは、闇夜を切り裂くような黒い大鎌が現れたのと同時だった。すらりと長い大鎌は、小織の拘束も空《むな》しく『一人目』である天束涼《あまつかりよう》を狙うには充分すぎる長身《ちようしん》だった。

振るえば、剣の一撃が届く前に大鎌が天束を切り裂いていた。

しかし、

「弟くん!」

使者が不意に、俺へと呼びかけた。翠色《みどり》の瞳が、意味ありげにパシパシと瞬《まばた》く。何かをアピールするかのような視線を送ってから、使者は再び口を開いた。

「加えて!【我が女王】より《勅令》する!」

使者が高らかに叫んだ呪文に、大鎌の先端がぴくりと反応する。おそらく持ち主の視線は、その瞬間だけ使者に移動した。同じ異世界の能力を持つ使者を警戒したが故に生まれた、一瞬の隙。

「我が【血】の【調伏】をもって《契約》――その【寵愛《ちょうあい》】は《所有》の【証《あかし》】、その【聖櫃】は我が【安息】――【女王】の《所有》をもって《命》ずる」

異世界の魔法が分からない俺でも、何となく使者の言っていることは理解できた。異世界の魔法は認知の強度によって格が定められている。使者は、彼女たちの都市において最も認知が強い存在の影をチラつかせている。

「【女王】の《命》は――」

大鎌が、大きく揺れる。

使者の呪文が止まった。小織の抱きしめている虚空に、俺が剣の切っ先を突き立てた。

鈍い銀色の刃《やいば》が、小織の体に向かってまっすぐに進む。俺を間近で見上げる濡《ぬ》れ羽色《ばいろ》の幼い瞳が、はち切れんばかりに爛々《らんらん》と輝いていた。

試されている。

使者に「逃げてください」と叫ばせた俺が、眼前に立っている。武器を持って、小織をすぐに討てる状況で――

俺は、剣先が小織に届く前に止めた。

薄いパーカーの布地にすら触れない場所で止まった剣を見下ろして、小織が瞳を愉悦に蕩《とろ》けさせる。

「殺すつもりなんてないくせにぃ」

そんな小織《こおり》の腕の中に、一瞬だけ人影が現れた。

小織よりも一回り大きい人影は、黒いローブを纏《まと》った少女だった。フードの奥から灰色にくすんだ両眼《りようめ》が覗《のぞ》いている。白銀の剣に胸元を貫かれたまま、白い唇が蠢《うごめ》く。

「――――……うそつき」

おそらく、その一言は俺ではなく使者に向いていた。

短い捨《す》て台詞《ぜりふ》を吐いて、その少女は大鎌と共に消失した。それと同時に、空気が変わる。

天上にそびえていた荘厳な校舎も、校地内を包み隠すような白い膜も霧散する。

閑静さを取り戻した校庭で、天束涼《あまつかりよう》が崩れ落ちるように両膝を地面につく。放心した表情のまま、彼女はじっと暗い空を見上げていた。

ほう、と使者が息を吐く。

「そう、嘘《うそ》です。弟くんが昨日使った手法と同じです。あなたはこちらの世界で周知の及んだ脅威を示して、まるでそこに脅威があるかのように示すことをした。同様に、葉桜《はざくら》様の力を借りることができると見せかけて、葉桜様の名前だけを利用しました」

懺悔《ざんげ》のような声音だった。

「しかし私は、そもそも葉桜様の威を借りられるほどの存在ではありません。そんなに信頼されているわけでもないし、なけなしの信頼を今回の裏切りで捨ててしまいました」

「でも一瞬でも攻撃を止めて警戒したってことは、使者が葉桜の名前を使うことも道理だと思われるくらいに信用されてたんじゃないのか？」

「お、弟く――」

「何をした？」

「……は、はい？」

「そう思われるくらいに、異世界で、葉桜と何をしていた？」

「あの、弟くん？」

「何をした？　俺がいない間に、異世界で、周囲に葉桜とお前が仲良しだと思われるようなことをしていたのか？　なあ、具体的に何を？」

「よ、よくもまぁ……この流れで不貞の追及ができますね？」

気が抜けたような呆《あき》れ顔をしている使者から強引に「何もしていません」の一言を引き出してから、俺は尋ねる。

「なんで、子供を殺すって言った俺に武器を渡したんだ？」

拗《す》ねたように唇を尖《とが》らせながら、使者はすらりと細い指で天を示した。

「気付いたんです。葉桜様の目の前で悪い子になれるわけがありませんよね、あなたは」

＊＊＊

「というわけです。私たちに協力してください、小織《こおり》ちゃん」

「……えあー」

淡々と語った使者に対して、小織は気怠《けだる》げに頰杖《ほおづえ》をついて欠伸《あくび》をしている。

ファミレスへと移動した俺たちは、そこを交渉の場としていた。異世界や魔法といった他人に聞かせたくない話をするつもりだったので、俺たちは入店した瞬間から誰一人として迷わずに一番奥の壁際のテーブルへと向かっていった。いきなり全員の心が一つになったことで「これは幸先《さいさき》がいい」と思ったのだが、それはどうやら間違いだったようで交渉はいきなり決裂している。

ソファ席に胡坐《あぐら》をかいて不遜な態度を取っているのは小織で、そんな子供の正面で萎縮して俯《うつむ》いているのは使者だ。小織の隣に座った天束《あまつか》は、そんな二人には一瞥《いちべつ》もくれず全員でつまめる大皿メニューをタッチパネルで注文していた。小織の斜め前にいるのが俺である。席順は、なるべく自然に見えるよう俺が誘導した。ちなみにこの席順が数分後に波乱を生むことにもなるのだが、それはまだ今は関係のない話である。

使者が説明したのは、主に三つ。

俺の姉が、俺と結婚するためにこちらの世界を侵攻しようとしていること。

そのために氷山凍《ひやまいてる》の都市伝説が利用されていること。

異世界人が都市伝説を実現させると、二つの世界が繋《つな》がること。

初めこそ、両眼《りょうめ》をキラキラと輝かせて話に聞き入っていた小織だが、説明が進むにつれてだんだんと聞く態度が悪くなっていった。そして「都市伝説の実現」云々《うんぬん》の話になったときには、ついに使者からそっぽを向いてドリンクバーのコーラを行儀悪く啜《すす》り始めた。

「……あの」

「ぁん？」

「聞いてます？　小織ちゃん」

おずおずと使者に問われた小織は、嫌そうに眉根を寄せて「そうさねぇ」と舌を打った。何故《なぜ》か困ったような様子で、

「なんつーか……それ、さぁ。異世界を拒絶するのって、小織になんかメリットあんの？」

何やらとんでもないことを尋ねてきた。

「……はい？」

「てか協力っつーけど、そもそも小織は小学生を殺そうとした男とつるまなきゃならないってことだしぃ？　そんな奴《やつ》に協力しなきゃならねー理由って何なのさぁ」

「……ぁう」

使者が詰まった。さすがに使者もその事実にフォローを入れる気はないらしい。

「では、弟くんに奴隷になってもらいますか？」

とんでもないことを言い出した。

「だって、弟くんが気に入らないんですよね？　弟くんが小織《こおり》ちゃんの奴隷になって、喜んで脚を揉《も》むほどに従順になれば『そもそも鬼畜外道に協力したくない』という問題は解決ですよね？」

「それって小学生を殺そうとする鬼畜外道の代わりに、小学生の脚を喜んで触るロリコン変態が爆誕するだけじゃね？　え、揉む可能性あんの？　この男」

「基本は年上好きですが、無理やりさせたらもしかして……」

「しかもSMプレイとして揉むの？　異世界人よりよっぽど敵じゃん？」

この話を続けさせたら俺の名誉が地に落ちそうだったので、俺は「ちょっといいか」と二人の会話に割って入った。

「どうした、ロリコン」

小織は愉《たの》しげに言葉を返す。どうやら本気でロリコン変態の爆誕を恐れているわけではなく、殺そうとしたという事実をあげつらって使者で遊んでいるらしい。打てば響く使者は、大いに絡みがいのある相手だろう。叩《たた》けば震える玩具《おもちゃ》扱いである。

そんなふうに使者が玩具にされているのも、元はと言えば俺のせいだ。

だから使者から会話の主導権を取り上げる。俺が矢面に立たなければ。

「ちょっと確認しておきたいんだが……どうして氷山凍《ひやまいてる》になれたんだ？」

「ぁん？　それってツイッターの使い方のこと？　ここは高齢者インターネット教室か？」

「違う。俺は環境について尋ねている。なあ小学生、どうして夜中に出歩けた？」

小織の唇が、ひくっとわななないた。

「氷山凍は毎日のようにツイッターを更新しているよな？　更新時間もほとんどが深夜だ。夜遅くまで出歩いて、深夜までインターネットに入り浸って、そんなの親の目が厳しい小学生にできることじゃないだろ」

あまりにも、そうすることが当然の様子だったから今まで追及できなかったけれど。

「なあ、どうして『氷山凍』になれたんだよ」

「親の目が厳しくねーから」

ほぼオウム返しのようなことを、きっぱりと答えられる。

眉根を寄せた小織から、それ以上の説明はなかった。その一言で充分だろと言わんばかりに薄い唇が結ばれてしまっていて、実際、その一言で充分である。

小織は胡乱《うろん》げに笑って、

「話は終わりかよ？　これ以上、小織を口説けないようなら諦めてほしいんだがな。別に小織は、異世界に拉致られたところで何ら困んねーんだわ。別に踏みとどまる理由のない小織を止めてくれ、頼むよ」

人を食ったような嘲笑を浮かべながら、最後に絞り出された「頼むよ」には何故《なぜ》か切実な声音が滲《にじ》んでいた。

その違和感の正体を掴《つか》むことができずにいると、黙り込んでいた使者がむぅ……と唇を尖《とが》らせた。

「小織《こおり》ちゃんは要するに、弟くんが小さい女の子に手を出す変態ではないと確信できればいいんですよね？　おまけに、私たちに協力することでメリットがあればいいと」

「おい、子供に手を出す変態の汚名を着せたのはそっちだぞ」

俺の抗議を無視して、使者は続ける。

「ねえ、小織ちゃん。あなた、神様にお願いごとをしたことはありますか？」

「ぉん？　星に願いをってか？　あいにくサンタにも会ったことがなくてね。神様に願うくらいなら自分で叶《かな》える気質なんだわ」

「そうですよね、あなたは賢い。葉桜《はざくら》様に異世界侵攻のための土壌として見初められた上に、本物の異世界人を目にしても、自分が殺されそうになっても臆さない。実際にあなたは聡明《そうめい》ですよ、小織ちゃん」

だから、と使者が宝石のような瞳を煌《きら》めかせた。

「どうして氷山凍《ひやまいてる》になれたのかと問われたときに、『だってなりたかったから』と答えたくないですか？」

「………はへ？」

ぽろっ、と小織の口の端からチョリソーの欠片《かけら》が落ちた。

「何かが無いから成りえたなんて、そんな答えはあなたにはもったいないです。『なりたかったから』と『なれたから』だけで充分でしょう？」

「な、なにが言いてーんだよ」

「私なら、あなたがさっき答えたつまらない理由を消せますよ。それに弟くんの信頼も保てます。あなたにとって、お得な話じゃないですか？」

風が吹いていないはずの室内で、白銀の髪が緩くなびいた。

「聖園指定都市――【第八】――より、――《秘匿》する」

凛然《りんぜん》と涼しげな声が、よどみなく唱える。

「――の【秘匿】に《秘匿》し、――の《秘匿》を【秘匿】する。以上、第六記録書指定の血族継承魔法につき、【詠唱】は《閲覧禁止》である」

口の中でほんの小さく唱えられた呪文は、ほとんどが聞き取れなかった。しかし、店内に吹くはずがない冷たい風が首筋を這《は》う。

冷気に全身を撫《な》でられたような感覚は一瞬だった。それに気が付いたのは俺と小織だけらしく、小織は訝《いぶか》しげに首をひねってから空になったチョリソーの皿を脇に寄せる。

すかさず、それに気が付いた店員さんが寄ってきた。

「お皿、おさげしてもよろしいですか？」

小織《こおり》が特に何も答えなかったので、代わりに俺が「お願いします」と頷《うなず》く。店員さんはチョリソーの皿を持ち上げ、小織の空になったグラスを手で示した。

「妹さんのグラスもお下げしても？」

「…………は」

店員さんが皿とグラスを持って去ってから、俺は使者に向き直る。

「なぁ」

「はい」

「誰が誰の『妹さん』だって？」

「私は今、『小織ちゃんがあなたの妹である』という認識改竄《かいざん》魔法を発動しました。私と弟くんが周囲から恋人同士に思われていたものと同じですね。あなたと小織ちゃんを見た人は、あなたたちが兄妹《きょうだい》であると確信することになります」

「は？」

「小織ちゃん」

きょとんと呆《ほう》けていた小織が、不意に名前を呼ばれてびくっと肩を跳ねさせる。

「あなたは自分を攻撃しようとした弟くんのことが信頼できないから、私たちに協力したくないんですよね？　ですが今この瞬間から、その心配はなくなりました。この人、自分のきょうだいに害をなせるわけがありません。大事な家族ですから」

「そ、んな理屈があってたまるか！」

泡を食って、小織が叫んだ。

「ぁんで小織が得体の知れない不審者の妹にならなきゃなんねーんだよ！　なんで変質者を懐に入れるんだ、本末転倒にもほどがあるんだが!?」

「元から俺のことをそんなタマだとも思ってないくせに」

「ほらぁ今セクハラした！」

「は？」

「大丈夫です。小織ちゃんの懸念が真実でも冤罪《えんざい》でも、きょうだいという制約のもとで弟くんがあなたに無体を働けるわけがありません」

「その理屈が分かんねぇんだよ小織はさぁ！」

「分からなくても、この人と接していれば分かります。嫌でも。本当に嫌でも」

使者は、きっぱりと言い放った。

「お姉さんのために異世界人と闘うことまでできる、超がつくほどの偏愛《シスコン》ですから。最愛のお姉さんが異世界にいる今なら、あなたのお兄さんとして、この世界の誰よりもあなたを大切にしてくれますよ？　ね、メリットでしょう？」

「な…………っ」

どんな理屈だ。ごり押しの使者を横目で睨《にら》むが、彼女の翠《みどり》色の瞳はじっと小織《こおり》だけを見据えている。小織はそんな視線の圧に圧《お》されながら、それでもまだ眉間に皺《しわ》を寄せていた。

「やだぁ！　催淫魔法で即堕《お》ち二コマするほど単純なオンナじゃねーもん小織！　間違ってもダブルピースしたりしねーもん！」

「さ……っ」

使者のロングヘアがビビった猫のようにぶわっと膨らんだ。ななめ前に座る天束《あまつか》に「異世界って催淫って概念あんの？」と突っ込まれて、使者の白い頬《ほお》が完全に朱に染まる。

「ってことでーす、残念！　ごちゃごちゃ言い訳ばっか並べて、所詮は小織を夜中に連れ回してエッチなことしたかっただけなんでしょ？　ロリコンの毒牙にかかるかよ、ばいばぁーい」

小織が席を立ち上がり、ごく自然に出口の方へと歩を進める。

その瞬間、天束涼《りょう》が破顔した。

「かかったな」

ごく軽やかに放たれた一言が、明らかに場の空気を変えた。

「…………え、ぁ？」

小織がきょとんとして閉口した。

年相応の動揺がもたらした刹那の沈黙を、笑顔の天束が即座に破る。

「君の今の行動が、君自身の疑惑を払拭するための証拠となっちゃうんだなぁー。飛んで火に入るのが早くて助かる」

「は、はあ？　何がだよ」

「そうだねぇ、君は弁が立つみたいだから。こっちも言葉で畳み掛けちゃおっかな」

天束は苦笑して、テーブルをこつんと指で叩《たた》く。格闘開始のゴングの音にも聞こえた。

「あのね。君が今あっさりとこの場から立ち去ることができたということが、笈川《おいかわ》くんが君を利用しようとしているだけの変態ではないということに繋《つな》がるんだけど」

俺たちが選んだのは一番奥の壁際のテーブルだ。壁側のソファ席には天束、その隣に小織、小織の正面の椅子席には使者、空いた席に俺、という座り方である。

「だって笈川くんが小織ちゃんの正面に座ったら、小織ちゃんが逃げようとしたときに腕を掴《つか》んで止めることができるじゃん」

あっさりと吐き出された一言に、「……え」と項垂《うなだ》れていた使者が反応した。

「し、しないですよ。多分。そんなこと、この人は」

俺の代わりに弁解してくれる使者に、天束がすかさず「だからさぁ」と言葉を返す。

「小織ちゃんの立場だったら『しないですよ』と言われても信じられないじゃんってこと。今って、笈川くんがロリコン変態クソ野郎かどうかっていう議論だったわけじゃん？　だったら笈川くんが実際にそんなことしない人間だったとしても、小織ちゃんの正面に

『する可能性がある』人間が座ってるだけで脅威なの。座ってるだけで脅迫なの」

だから、と天束《あまつか》は人差し指をひらひらと指揮棒のように振るった。

「この席順が大正解ってこと。笈川《おいかわ》くんが絶対に小織《こおり》ちゃんに手出しできない位置に座ってる。ねえ？　実際、君はあっさり逃げられたでしょ？」

自然に見えるように誘導したつもりだったが、天束はその配置に意味があったことに勘付いていたらしい。

それだけならいい。天束は勘付いた上でスルーして、その要素が武器として威力を持つときを虎視眈々《こしたんたん》と狙っていたのだ。そして小織が罠《わな》にかかった瞬間に、ここぞとばかりに畳み掛ける。

なんというか、それは……『天使』と呼ばれる奴《やつ》の戦い方では、ないような。

「というわけで、笈川くんがロリコン変態クソ野郎ではないという証明ができました！　よかったねー！」

「……ロリコン変態クソ野郎から、『お前が逃げられるのは俺のおかげなんだぞ、分かってんのか』と言外に主張するただのクソ野郎になっただけの気がするんだけども」

俺の控えめな訴えは、天束に軽やかな一笑で切り捨てられた。こいつ。

天束のマシンガントークを浴びていた小織は、「……えあ」と当惑の声を漏らしたっきり地蔵になってしまった。その反応を見る限り、おそらく小織は天束に捲《まく》し立てられたこの半分も理解できていないのだろう。だってあまりにもレベルが違いすぎる。オモチャのようにキャッキャとエッチだのロリコンだのといった言葉を使う小織が、「腕を掴《つか》む」という日常に溶け込みそうな行為を最大級の暴力として語ってきた天束涼《りょう》に太刀打ちできるわけがない。そもそも、この二人では見ている世界の精度が違う。

小学生が、「逃げられるだけマシ」なんて理屈を納得できるわけがない。

「難しいことは分かりませんが、小織ちゃん」

地蔵になってしまった小織に、使者がきっぱりと言い切る。

「そもそも証明も何もなくたって、弟くんがあなたに手を出すことなんて絶対にありませんよ。大丈夫です」

思わず使者の表情を覗《のぞ》き込んでしまう。彼女は澄んだ瞳でこちらを見返して、

「だって小学生の子に手を出すわけがないですものね、弟くんが。お姉さんにしか興味ないでしょう？」

「…………」

「ということです」

何が「ということです」だ。勝手に話を切り上げるな。

しばらく口を噤《つぐ》んでいた小織は、自信たっぷりな使者の物言いに嘆息する。

「……分《わ》かぁーったよぉ」

唇を尖《とが》らせて、ショートヘアをガシガシと乱雑にかき回す。

「別に小織《こおり》とて、本気でその男が小織に手を出せるよーな度胸があるとも思ってねぇんだ」

その口元が、薄《うっす》らと弧を描く。

「なぁ兄《あん》ちゃん。テストしよーや」

俺の肩に肘を置いて、ぺらぺらと喋《しゃべ》る。この期に及んでタダでは転ばない子供である。

「ちゃんと契約履行できんのか、小織に示してみせろよ。あんたがちゃんと兄を演じられるのか、そのテスト！　異世界侵攻は今までどっちも夜だったんだろ、だったら明日の昼ってことでどぉ？　小織に付き合え、家族《兄》とやらをやってみせろ」

ぐっと肩に体重がかけられる。それでもすぐに押し返せそうなくらいに軽いけど。

「そんで、ちゃんと小織を現世に繋《つな》ぎ止めてね」

幼い少女は、呵々《かか》として笑って——意味深な言葉を口にした。

「ばっちり小織の未練になってよ」

氷山 凍 04/25

誰も一人目の子が倒れるまで、何が起こっているのか気付かなかった。

氷山 凍 04/25

誰も彼女が怪我をした瞬間を目撃してなかったから、救急車を呼んでも怪我の詳細とか全然説明できなかったんだけどね。

氷山 凍 04/25

駆け寄ってみると、一人目の子が地面に倒れ込んでいた。
地面が濡れていて、それが血だと分かってからその場は騒然となった。

氷山 凍 04/25

四人目の子が動いたあと、彼女は「五人目」にタッチした。
確かに五人目は動き出した。そして五人目が一人目にタッチした直後に、何かが倒れる音がした。

氷山 凍 04/25

今、病院から出てきたところ。襲われたのは一人目の立ち位置にいた子だった。
出血がひどかったけど、傷口が綺麗だったから治療はわりとすぐ終わったって。

RT済み

氷山 凍 04/25

これが雪山遭難のアレと同じ展開だとすると、最後の四人目はタッチできる人間がいないはずなのに。

◆◆◆◆◆◆◆　04/26
ん?終わった?

○○○○○○　04/25
やっぱこれ雪山遭難か。

▲▲▲▲▲▲　04/25
だから何も映ってないんだよな

□□□□□　04/25
真っ暗だけども…。

氷山 凍　04/25
途切れてごめんね。
途中で終わらせちゃったけど、一応俺が撮ってた動画もあげとく。

△△△△△△△△△　04/25
@Iteru_Hiyama
大丈夫?

■■■■　04/25
hym生きてる?

◇◇◇◇◇◇◇　04/25
おい。更新されないんだが。

第三章　天使が空を飛ぶための条件

翌日は土曜日だった。

休日だが、高校には部活動に来ている生徒たちがたくさんいた。制服姿の高校生たちに不審な目で見られながら、校門の前に妹（仮）が立っていた。

俺が到着したとたん、周囲の高校生たちが向けていた不信感に満ちた瞳は和らいだ。これは「ああ、お兄さんと待ち合わせしていたのか」の顔だ。中学校に進学した葉桜《はざくら》を迎えに学校まで行ったとき、俺が幾度となく浴びた視線である。

「出たなぁ！」

おはよう、の代わりに叫ばれた。

「テストって何すんの」

敢《あ》えておはようも言わず尋ねてみたら、小織《こおり》は「えっとねー！」と存外ご機嫌そうに腕を組んだ。なるほど、このテストわりとちょろい気がするぞ。使者ならここで「朝の挨拶もできないなんて礼儀知らずです」とか言うところだ。

「遊ぶ！」

「昨日はロリコン呼ばわりしておいて、今日はあっさり一緒に遊ぶ気になってるんか？」

「昼間から性欲に呑《の》まれる人間もいねーだろと思って！」

「それは……人によるんじゃないかな……」

「ってか、そっちは高校生だよな⁉ ってことはカラオケもゲーセンも、そのほかの楽しいところも、お前がいれば子供だけで行けるんだろ⁉ だったらロリコンだろうがタダ乗りするしかねーなぁと思って！ よろしくねーパパ」

そういえば、小学生は子供だけでそういった施設に行くと補導されるんだっけか。そんなことを思い出しながら、しかしどうしても見逃せなかったことをダメもとで指摘してみる。

「とりあえずロリコンとかパパとか、そういう呼び方は使わない方がいい」

「ぉん？ 不満か？」

「不満っていうか、そういう言葉を気軽に使って得することは無いから」

「ぇあ？ んじゃ、なんて呼べばいいの？」

「とりあえず周囲から違和感を抱かれない呼び方がいいだろ」

使者の認識改竄《かいざん》魔法がかけられている中で、違和感がない呼び名。言ってから、選択肢が一つしかないなと気が付いた。

俺と同じことに気が付いたのだろう。小織《こおり》が眉間に皺《しわ》を寄せる。

「んじゃ、仮名でいっかぁ！」

意外なくらいあっけらかんと、小織はその呼び方で俺を呼んだ。

「行こーぜ、おにーちゃん」

どこに遊びに行きたいのかと尋ねたら、「一人で行ってもつまんねーところ」と言われた。普段どんな遊びをしているのか察することができて切なくもなったが、そう言われた時点でカラオケもゲーセンも選択肢から消えた。

代わりに選んだのは、様々なスポーツで遊べるアミューズメント施設だ。

「あのさあ！　異世界とか魔法とか、あれマジで言ってんの？」

休日ということで施設内には俺たちのような学生が多くいたが、ちまっこい小学生が大声で話している「異世界」や「魔法」といった単語を真に受けて足を止める人間はいない。

「昨日『五人目』を見ただろ、疑う余地はないはずだが？」

「そこを疑ってんじゃねーんだな。小織は今ここでしか言えない指摘をしてんだが？　みんなに認識されればされるほど強固な魔力が発動する世界で、魔力のことをなぁーんにも知らなかったおにーちゃんの姉ちゃんが無双したってことだろ？　キラキラ髪のねーちゃんが言ってた話は。あのねーちゃんが説明下手なせいなのか、小織が異世界に詳しくないせいなのか知らねーけどさ、あの話ってちょっと矛盾してんじゃん」

「…………」

「黙秘権を使うってことは、この話っておにーちゃんにとって不利益なのかよ？」

あくまでも愉《たの》しげに、小織《こおり》は追及してくる。彼女の唇の端からこぼれた八重歯が、白く光っているのが見えた。きっと小織は、ここで裁判がしたいわけではないだろう。これは彼女なりの雑談で、ウィットに富んだ会話のつもりなのだ。

だから俺は黙ったまま、視界に入ったコートを指さす。小織が余計なことを言わないうちに。取り返しがつかない一言を言う前に。

「あー！　セグウェイ乗りたい！」

単純な子供が近未来アトラクションに釣られてくれた。会話のキャッチボールっていうか、会話のスカッシュって気分だ。壁打ちが正しいんだろうなっていう、この感覚。

「いぇーいおにーちゃん見てるぅー？　信じて送り出した妹ちゃん、今から未来の技術を堪能しちゃいまーす」

「何だそれ」

小織が指摘したことは正しい。

認識されればされるほど強固な魔法となる世界で、葉桜《はざくら》は突如として異世界から転生してきた。葉桜がいた世界のことを、異世界人たちは誰も知らなかった。葉桜も異世界のことは知らなかった。魔力を認識しない葉桜にはどんな攻撃も通用せず、葉桜はそのまま異世界の支配者となった。

使者はそう説明した。

しかし、それは不自然なのである。

「そーいえば、銀髪お嬢と天束涼《あまつかりょう》は？　今日はいねーのな」

「兄妹水入らず《きょうだい》で、だと。信頼してるから任せるってさ」

「へえ、信頼されてんだ。顔は可愛《かわい》いのに男を見る目ねーな、あの二人」

「…………」

黙秘権とはこう使うのだ。

「というか、どうして小学生のお前が天束を知っていた？　変な二つ名も含めて」

小学校にまで『天使』の呼び名が轟《とどろ》いているとしてもおかしくないけど、と思いながら尋ねてみたら、セグウェイ用のヘルメットを持ちながら小織が「あ？」とチンピラみたいな声を上げた。

「変な二つ名ぁ？　アカウント名をそんなふうに言う奴《やつ》、初めて見たわ」

「……アカウント？」

「ぁん？　話が通じねぇな、天束涼が『ぼくの天使。』なんじゃなくて『ぼくの天使。』が天束涼なんだろ？　イマドキ小学生だからとか関係ねーじゃん、小織のクラスの連中だってネットくらい全員やってるぞ」

「は？　どうしてネットの話になるんだよ」

「話はあとでね!」

パチンッとヘルメットの留め具をして、小織《こおり》は満面の笑みで破顔した。

「雑談なんざ、いつでもできるだろ！　だぁって、ここは三時間で千五百円だから！」

「……払ってるのは俺だけど」

「小学生相手に、小学生料金でイキんなよぉ」

上機嫌に脇腹を小突かれ、そのまま勢いよくコートに繰り出す小織を見送る。

「何がテストだ」

ガバガバっぷりに嘆息が漏れてしまう。こんなのテストにもなっていない。

散々ロリコンがどうこうと貶《けな》したわりに、こんなにも単純に『あとで』を約束してくれるくらいチョロいのだ。

信じて送り出した小織がセグウェイを堪能してから、俺たちは次に小織が好きそうなアトラクションを探しに施設内を回遊した。

と、二階で人だかりが出来ていた。

「なんかのイベント!?」

すぐさま小織が興味を示す。ちょっとした地下ライブくらいの人だかりが出来ているのは、どうやらローラースケートのリンクのようだった。人だかりの奥で、誰かが滑っているのが見える。芸能人でも来ているのだろうか。

すぐさま人ごみの中に突っ込んでいってしまった小織を、「あ、待て」と慌てて追いかける。最前列にまで押しかけた小織のフードを捕まえつつ、リンクを見やると。

「……え」

そこに、天束涼《あまつかりょう》がいた。明るい色の髪の毛をバレッタでポニーテールのようにまとめ上げ、どこか気まずそうな表情でリンクを優雅に滑っている。

よくスケート選手が妖精に喩《たと》えられるけど、まさに今の天束はその類《たぐい》だった。彼女が風を切るたび、ふわりと髪やTシャツの裾が膨らむたび、彼女の背後に蝶《ちょう》や花が舞うのを幻視する。ただ適当に滑っているだけのような、むしろ困ったような表情すら浮かべているというのに、一分一秒たりとも目を離したくなくなる圧倒的なオーラがそこにある。

うっかりすると、自分まで観客の一人として魅入ってしまいそうだった。

だから、俺は振り切るように叫んだ。

「天束！」

俺の叫び声を聞いた小織が「うえっ⁉」とギョッとする。天束涼に見惚《みと》れていた群衆たちも、一斉にこちらを振り返る。

しかし一番驚愕《きょうがく》した顔をしているのは、リンク上にいる天束涼だった。蝶のように舞っていた体躯《たいく》がぴたりと停止して、唖然《あぜん》として俺を見つめている。

「笈川《おいかわ》くん？」

小さく零《こぼ》して、天束《あまつか》が俺の付近へと滑ってくる。

群衆は、蜘蛛《くも》の子を散らしたように散っていった。何やら「カレシ持ち？」「でも別の女子と一緒じゃん」「どういう関係？」とヒソヒソ囁《ささや》かれていたが、どういう関係も何も無いのでシカトする。

「よ、よくもまあ今の私に声をかけられたね……」

「迷惑だったらごめん」

天束はしばらくひくひくと頬《ほお》を震わせて、それから俯《うつむ》いて首を横に振った。

「……や、そんなことは」

いつになく、歯切れが悪い言い方だった。

「というか待てよ、天束がいるということは……あ」

俺と目が合った瞬間、使者は銀髪の頭をひくっと低くした。リンクの縁にしがみついていた。

大衆に埋もれながら天束の滑りを眺めていたらしい。

「あ、あの」

おずおずと近づいてきた使者が、言い訳のような声音を絞り出した。

「すみません、私がやっぱり弟くんと見知らぬ女の子が二人きりなの、心配だと訴えてしまって……つい涼《りょう》さんに声をかけて尾行を……」

「休日の生徒会室に一人で入ってこられたから、びっくりしたよ。まあ休みの日にも生徒会の仕事をしちゃってる自分にもびっくりなんだけどさ」

快活に笑う天束と、申し訳なさそうに身をすくめる使者。

そんな二人を交互に見やって、小織《こおり》が「おい」と俺の腰を小突いた。

「信頼されてねーじゃんかよ」

されてなかったな。

俺は深く嘆息して、気まずそうにこちらを見やる女子二人に提案した。

「一緒に回ろうか？」

はぇ、と使者が目を見開く。天束涼は、そんな使者の華奢《きやしや》な肩を抱き寄せながら、意外そうに目を瞬《まばた》かせた。

「……いいの？」

訝《いぶか》しげに問うたのは、天束だった。

珍しく小声になった天束の隣で、「そ、そうですよ！」と使者がコクコク頷《うなず》く。

「お兄ちゃんテスト中じゃないですか！」

誤解を招くようなセリフを大声で叫ぶな。

使者の隣で、小織も「そーだよぉ」と何故《なぜ》か不満そうに言った。

「小織《こおり》が世界一大事なんじゃないのぉ？」

「断っていいのか？　ここで、このお姉さん二人が同行してくるとどうなると思う？」

「……よんぴ……？」

小学生が何やら不穏な単語を口走る気配がしたので、俺はそれを振り切るようにピシと天東涼《あまつかりょう》を指し示した。

「色々と奢《おご》ってくれる財布が一つ増えるんだぞ？」

はあ？と天東が当惑したように俺を向く。

しかし天東が何か言うよりも早く、「マジ!?　やったー！」と小織が飛び上がった。

「ついてきなぁ！　このパーティーでフロアを沸かせよーぜ！」

セグウェイに釣られたりフロアを沸かせたり、忙しい奴《やつ》である。

天東のもの言いたげな視線を浴びながら、俺は勢いよく駆け出す小織を追いかけた。

天東涼は、さっそく売店にあるタピオカを買いに行かされた。「まあ私も飲みたいからいいんだけどさー」と口では不満げなことを言いながら、どこか足取りは軽く楽しげだった。

天東涼という人間がよく分からない。

そして使者はというと、

「やっぱめちゃくちゃ似合うじゃーん！　創作コスプレイヤーみたぁい！」

「そ、そうですか……？　何一つ分かりませんが……」

小織にガンシューティングをやらされていた。

「的を狙って攻撃するのは、訓練でやらされていたので。動かない的は狙いやすいですね」

「動く的も狙ってたのか？」

「実戦のための訓練ですから。実際、私の認識改竄《かいざん》魔法は敵の懐を狙うための魔法です」

やはり彼女は、人と闘うための技術に長《た》けている。初めて彼女に剣を向けられたときの、揺るぎのない切っ先を思い出す。

劣等生と自称していても、積み上げたスキルだけは隠せない。

「弟くん、どうかしましたか？」

小織と順番を代わりながら、使者が問いかける。

俺を見上げるエメラルドグリーンの瞳は、昨晩に「誰かを殺すなんて言うな」と諭したときと全く同じ色だ。何も疑っていないような瞳。

「呼び方」

「はい？」

「弟くんって呼び方、おかしいだろ。実の姉の葉桜《はざくら》ですら、俺のことをそう呼んだことはなかったし」

「……ん」

気まずそうに、使者は呻《うめ》く。もしかして俺を名前で呼ぶのがそんなに嫌なのだろうか。

「でも、私は教えていませんし」

「は？」

「自分が名前を教えていないのに、あなたの名前を呼んでも構わないのですか？」

その返事は予想外だった。そんなこと気にしていたのか、と。

彼女は矛盾している。

名前を教えられないのは、彼女の魔術の性質上仕方がないことだと言っていた。それなのに、自分が本名を名乗っていないのは失礼だという当たり前の常識を気にしている。

「別に、俺は好きに呼ぶし」

彼女自身が息苦しくなりそうな矛盾を、自分から付与する。

「呼べなくても、困るようなタイプじゃないし。自分で言うのも何だけど」

「……ですか」

小さく頷《うなず》き、使者は上目にこちらを見上げる。

「そうですね。野分《のわき》くんには、そういうところがありますね」

初めて呼ばれるのに、なぜかその呼び方はしっくりと馴染《なじ》んだ。葉桜《はざくら》と同じ呼び方だからだろうか。

使者は俺を名前で呼んで、どこかホッとしたように肩で息を吐《つ》いた。もしかして自分では呼ぶタイミングを急に変えることもできなくて、ずっと違和感のある呼び方をするしかなくて困っていたのかもしれない。

そんな使者の所作に意識を奪われていたから、うっかりしていた。

「……あの、野分くん」

適用したばかりの名前呼びで、使者は細い眉をきゅっと寄せて呟《つぶや》く。

「小織《こおり》ちゃん、さっきまでそこにいましたよね？」

ハッと射場を振り返って、俺は愕然《がくぜん》とする。

小織が消えていた。


俺と使者は、その瞬間に全く同じことを考えていたと思う。

即《すなわ》ち、異世界侵攻のことを。

昼間とはいえど、うっかり天束《あまつか》と小織から目を離してしまった。その隙をついて葉桜が魔人を送り込んできて、あの二人を攻撃したら。

慌てて射場の周りを捜索したら、すぐに小織は見つかった。

めちゃくちゃ高校生に絡まれている状態で。

「……は？」

小織はバスケのコートにいた。明らかにガラの悪い男子高校生の集団に囲まれて、バスケットボールを持ちながら何やら甲高い声で言い返している。

唖然《あぜん》とする使者をコートの外で待たせて、俺はそんな事件現場へと駆け寄る。

「あっ、おにーちゃん！」

関係性が一発でバレる呼び方に、ガタイの良い男子高校生たちが一斉に振り返る。

ああ、もう。こういう高校生と生意気なガキは壊滅的に相性が悪いっていうのに。

「何があった？」

ぶっちゃけ高校生たちに聞いた方が話が分かりそうだったが、そこは兄と呼ばれた手前、小織《こおり》に聞いてみる。

しかし小織が何か言うよりも早く、高校生たちが答えてくれた。

「俺たちが使ってたコートにいきなり入ってきて、俺たちのボール使って勝手に遊び始めたんだよ」

「だぁーって、そのときコート使ってなかったじゃん！」

「荷物は置いたままだったからな！　ちょっとコートから出て水分補給しようとしたら、お前の妹が俺たちの部活のボール勝手に使ってて！」

うわあ。

俺は天を仰ぐ。場所の割り込みと、私物の無断使用。しかも小織の態度を見る限り、高校生たちの言っていることは全て事実なのだろう。小織が見るからに弱々しい子供だったら高校生たちも遠慮しただろうが、彼女はぱっと見でギリギリ中学生に見える程度には背丈の成長したお子様だったし、何よりも態度がか弱い子供にしては尊大すぎる。おそらく相手は、生意気な中坊を相手にしているような感覚でいるはずだ。

今すぐにでも「こっちが悪かった」と謝りたいところだったが、小織は高校生たちと俺の視線を浴びて「ぃぐう……」と動物みたいな呻《うめ》き声を上げながら、俺を睨《にら》み上げていた。

「……えっと」

ここで俺まで『お前が悪いだろ』という態度でいたら、小織の味方がいなくなってしまうんじゃないだろうか。いや明らかにお前が悪いだろ状態なのだが、ここで男子高校生たちと一緒になって、小動物の威嚇の仕方をしている小織を責めるのは気が引ける。

それは、彼女にとっての俺《おにーちゃん》ではない気がする。

俺は全てを諦めて、男子高校生たちに言い返した。

「でも、共有スペースなんだから普通は順番譲るだろ」

「あぁ!?」

内心で何度も謝りながら、俺は努めて男子高校生たちの険しい視線を真っ向から浴びた。

というか言ってから気付いたが、これだけだとボールの無断使用のことはフォローできていない。でも、これが精一杯だ。

明らかにガバガバなフォローをした瞬間、男子高校生たちの厳しい眼差《まなざ》しは一気に俺へと集中した。ガタイのいい高校生たちの非難の目から逃れた小織《こおり》は、意外そうにこちらを見上げている。何でお前が一番びっくりしてるんだ、小織。

「お前それ本気で言ってんのかよ!?」

ちっとも本気で言っていない俺は、それでも「本気だったら何だよ」と返す。コートの外側から使者が「あ、あの」と不安そうに声をかけて、その存在に気が付いた男子高校生たちが更に声を荒らげて俺を囲んだ。

そりゃそうだ。生意気な小学生だけならまだしも、後方に儚《はかな》げな表情でたたずむ美女がいるのだ。彼らも男としての威厳に賭けて、後には引けないだろう。

最悪だ、これどうやったら終わるんだ。

絶望しつつ小織の薄っぺらい肩を押して、ちんまい体を俺の背中へと隠す。俺と男子高校生たちは、お互いに目を逸《そ》らさずに一触即発の空気を作る。

元はといえば、コートに横入りしたり私物を使ったりしたのはこっちだ。向こうのメンツのために一発くらい殴られておくかなあ、というところまで俺が覚悟を決めたときだった。

「あれ？　何やってんのさ」

涼やかな声が、空気を一新する。

コートに入ってきたのは、天束涼《あまつかりょう》だった。タピオカが入った紙袋を腕に下げながら、颯《さつ》爽《そう》と俺と高校生たちの間に割って入ってくる。

「どした？」

悪戯《いたずら》っぽく微笑する天束を見て、男子高校生たちはぽかーんと黙りこくってしまった。

突如として現れた天束涼は、まさに圧倒的だった。どんな屈強な男の怒鳴り声よりも、意地を張った子供のワガママよりも、天束涼の静かな微笑は圧力がある。

その場に立っているだけで、誰もが息を呑《の》む。

どうしても、天束が台風の目になってしまうのだ。

「……あ、ええと」

ガラの悪い高校生たちは、とたんに口ごもって後ずさりをした。

ダメ押しのように天束に「ん？」と覗《のぞ》き込まれて、相手は陥落した。

「い、いや」「何でも」「場所、譲るんで」

なぜか敬語になって、いそいそと帰り支度を始める。しかし天束は、「え、待ってよ」とそんな高校生たちの前に立ちはだかった。

「なんで？　一緒に遊ばないの？」

逃げ出す姿勢になっていた高校生たちが、呆気《あっけ》にとられる。

そんな彼ら以上に不思議そうな顔をして、天束はさらに言葉を重ねた。

「3on3やるにも、私たちだけじゃ人数足りないし。一緒にやろうよ」

遠慮なく手招きをする。

そんな天束《あまつか》の言葉を聞いて、きょとんとしていた小織《こおり》がおもむろに持っていたバスケットボールをシャツの裾で拭い始めた。そして、高校生の一人にワンバウンドでパスをする。

「ごめんね！　やろ！」

幼稚園児の謝罪よりも軽やかに言い放って、小織はあっさりと高校生たちのチームの方へと身を翻した。

「こっちのが強そうだから小織こっちチームがいい」

あっけらかんとした小織の態度に、高校生たちも毒気が抜かれたような顔をしている。

こうして俺たちは、見知らぬ男子高校生軍団と共にバスケをすることになったのである。


天束涼《りょう》が提案した突発的な対戦は、やはり天束の立ち回りによって意外なほど盛り上がった。というか、天束涼の笑顔の前で不機嫌でいられる人類など存在しない。俺の数百倍は理想のお兄ちゃんだ。いや、お兄ちゃんじゃないけど。

初《しょ》っ端《ぱな》の一触即発の気配はどこにもなく、にこやかに男子高校生たちと別れる。

「いやぁ、楽しかった。こう見えても私はね、小学生のころにピアノ教室じゃなくてミニバスをやりたかったんだ」

上機嫌でいる天束の隣で、小織が男子高校生たちの姿が完全に見えなくなったのを確認してから、スッと真顔になってスマホを弄《いじ》り始めた。

「何やってんだ、それ」

「さっきの制服、S高生だよなぁ。プロフ画面に載るとしたら、S高＋学年とか？　それか『S中→S高（部活名）』かな。どーせ鍵垢《かぎあか》にするような連中じゃねーだろ」

ぶつぶつと呟《つぶや》きながら、SNSアプリを立ち上げて検索窓にいくつかのワードを入力する。学校名で何人かのアカウントをヒットさせ、フォロー欄からまた別のアカウントに飛んで……ということを何度か繰り返した小織は、ものの一分ほどで「いたぁ！」と叫んだ。

「やっぱりぃ！　おい天束涼、さっきの奴《やつ》らお前の写真アップしてんぞ！　いいのかよ」

小織が表示させた写真は、天束涼がレイアップシュートを決めた直後のものだった。『目の保養！』という言葉が添えられたツイートだ。

視線が外れた天束の素顔がばっちり写っている。写真でも、天束の存在感は強い。

「……え、怖。そのアカウント、どうやって探したの」

自分の隠し撮り写真を見ても、天束涼は表情一つ変えない。むしろ呆《あき》れた調子で、小織を制した。

「そういうストーカーみたいなことしちゃダメだよ」

「無許可で写真撮ってネットにアップする方が重罪だろ、義賊を許せ」

「もう自分で賊って言っちゃってるからね。別にいいよ、どうせさっきのスケートリンクで囲まれたときにも散々撮られてるし。ってか、そういうの見つけてどうするの？　DMでいきなり『写真消せ』って言うわけ？　怖いって、それ」

「でも、お前は嫌だから写真を全部消したんじゃ――」

「いいってば」

きっぱりと天束《あまつか》が言い切った。その一言に滲《にじ》んだ苛立《いらだ》ちを敏感に嗅ぎ取って、小織《こおり》が不服そうながらも閉口する。天束はとりなすように苦笑する。

「てかそのツイート、私が誰か分かってないみたいだし」

「それって天束涼《りょう》が『ぼくの天使。』だってこと？」

「消えてくれ」

一瞬その脈絡のない一言が、天束が吐き捨てたものだと気が付かなかった。ごく自然に吐かれたあまりにも鋭すぎる言葉は、まるで天束自身も扱いきれなかったかのような速度で放たれた。

「……ぁえ」

小織がきょとんとして、目を瞬《まばた》かせる。「何が？」と当惑する小織の視線を浴びて、天束涼は似合わない動揺を見せる。常にまっすぐに標的に向く彼女の瞳が、不安定に宙を泳いだ。死んでくれとも解釈できるその一言は、普段の天束なら絶対に言わない。絶対に。消え入るように漏らされた独り言の意味は分からない。小織が言う「写真」が何のことかも分からない。

ただ一連の物言いに、彼女の真意が薄《うつす》らと滲んでいる。自分が漏らしてしまった一言の重さを誰よりも感じる彼女が、自分の言葉を制御できなかったほどの事態なのだ。本当に「別にいいよ」なら、天束はわざわざ「見つけてどうするの」なんて嫌味ったらしいことを言わない。こんなにダラダラと言葉を並べない。見ず知らずの男子高校生をバスケに誘ったときのように、あくまで軽やかに笑い飛ばすはずだ。

そんな彼女の城壁が崩れるほどの事態なのだ、これは。

そのことに気付いた瞬間に、自然と足が動いた。

＊＊＊

「なあ、天束涼」

何も言わずに走り出した笈川《おいかわ》くんと、「え、ちょっと野分《のわき》くん？」とそれを躊躇《ためら》いなく追いかけた使者ちゃんに私とその子だけが取り残されたとき、インターネットに傾倒しているらしい小織ちゃんが尋ねてきた。

「もしかしておにーちゃん知らねぇの？『ぼくの天使。』のこと。なんで隠してんの？」

子供相手に、思わず古打ちが漏れる。人の心の機微なんて分かってないくせに無駄に聡《さと》いから、躊躇《ちゆうちよ》せずにずかずかと踏み込む。

そんな子供と一緒にいることを避けるかのように、私は笈川《おいかわ》くんたちの後を追った。

別に隠しているわけではない。聞かれなかったから答えなかっただけだ。

もしかして私がただ可愛《かわい》くて目立ってるから『天使』って呼ばれてると思ってるの？

なんて、別にわざわざ確かめなくてもいいじゃないか。

だから隠したんじゃない絶対に違う。


「その写真消せっつってんだよ」

笈川くんが彼らを捕まえていたのは、入場ゲートの間際だった。というかすでに相手はゲートから出ているというのに、わざわざゲートから身を乗り出して腕を掴《つか》んで止めていた。おまけに言葉尻がガッツリ命令形である。知り合いじゃなかったら怖い……というか知り合いでもギリ怖い。笈川くんを追っていたらしい使者ちゃんも、そんな笈川くんの挙動を何とかとりなすように「ご、ごめんなさい……！」と笈川くんの背中を掴みつつ相手の男子高校生たちに謝罪していた。

「で、でも私からもお願いします。あなたたち、小織《こおり》ちゃんと同じ能力の持ち主ですね？　あなたたちの選ばれた力を、涼《りよう》さんの嫌がることに使わないでください」

「は？　選ばれた力？」

「インターネットは魔法と涼さんが言っていました。だから小織ちゃんと同じことをしたこの方々は、同じ能力の持ち主なんでしょう？」

「同じもん持てばみんな同じことできるんだよ」

「ああ、魔術品の類《たぐい》でしたか？　でも野分《のわき》くんはできませんよね」

「できないんじゃなくてやらないんだよ」

「はい？　でも、毎晩のように誰かにメッセージを——」

「それは家族への連絡！　毎日メールするって約束なんだよ！」

腕を掴んだ男子高校生たちを置いてけぼりにして、二人だけの会話を繰り広げる。

笈川くんが、唖然《あぜん》としている高校生たちに吐き捨てた。

「そもそも何だ『目の保養』って！　天束《あまつか》に誘ってもらった分際でコンパニオン扱いしてんじゃねえぞ、テメェらは何様のつもりなんだよ」

唐突に吐き出された口汚い言葉に、使者ちゃんがギョッと目を剥《む》く。そういう言葉遣いをする人なんだ、と思いかけて、そういえば笈川くんは元々わりと言葉遣いは悪いけど言葉選びができる人だったんだよなぁと気が付く。

そんな人が思わず口調を崩すくらいには、私がされたことは怒ってもいいことだったんだ。

だから彼らに近づいて行ったとき、自然とその一言が口から出た。

「ごめん、私からもお願い。消して」

不意に現れた私からのお願いに、男子高校生たちはぽかんとしてから「……あ、はい」とスマホを出した。多分、いきなり自分の腕を掴《つか》んできた男子から逃げたいという気持ちも大きかったのだろう。ツイートを削除した画面を見せ、彼らはそそくさと逃げて行った。

すると笈川《おいかわ》くんは一転、しおらしく萎《しぼ》んで「……悪かった」と呟《つぶや》いた。

「え、別人？　待って、悪かったって何が？」

「なんか……今日、天束《あまつか》に尻拭いさせてばっかだから」

露骨に落ち込んだ物言いに、思わず苦笑が漏れてしまう。

私が「目の保養」と言われただけで激昂《げきこう》してくれる笈川くんからしたら、私が笑って場を収めることは「尻拭い」に見えるのか。

いくら使っても減るもんじゃないはずの笑顔を私が浮かべるたびに、確実に削られている何かが見えているのだろう。私自身にも見えづらくて見逃してしまいそうな削られたものを、笈川くんは見逃さずに拾ってくれた。

「じゃあ私が暴れ散らかしたときは、君が何とかしてね」

だから、そんな投げやりなことを返してしまった。

何とかして、って何だよと自分でも思う。

そんな自分でもよく分からない懇願が、ごく自然に口から溢《こぼ》れた。

目の保養という言葉を賞賛ではなく無礼と受け取って、私よりも先に激昂してくれることがどれほど珍しいことだったか。私が見知らぬ人たちに囲まれているとき、見物客にならず「天束」と名前を呼んでくれることがどれほど意外だったか。どうせ彼には分からないだろうけど、それでも、完全に分からなくても寄り添ってくれたことが嬉《うれ》しい。分かってもらえなくても一緒にいられると思えるから嬉しい。

でも。

だからこそ、自分のことを分かってくれる人がいるだけで充分だなんて、一瞬でもそう納得してしまいそうになったことが悔しい。だって自分の代わりに怒ってくれる人間がいたからと安心して、本来なら自分で怒るべき相手に「ごめん」などと笑顔を向けて場を穏便に済ませようとしてしまった。

ニコニコと場を和ませるためだけが存在意義の「目の保養」でいるのが一番楽だって、誰よりも私がそう思っている。

私は、きっとこのままじゃ世界に呑《の》まれる。こんなふうに怒るのも戦うのも、自分を理解してくれる男子に任せてしまう。「戦ったご褒美」として、自分の代わりに戦ってくれた男の子に献上される優勝旗《ヒロイン》になってしまう。

だから。

せめて自分が愛想を尽かした世界からは、自力で抜け出したかったから。

どうしてあんなことしたのかと問われれば、たぶん理由はそれだけだ。

＊＊＊

夕方になって「それじゃあね」と別れたとき、天束《あまつか》はとっくにいつも通りの笑顔に戻っていた。三人になってから、道路の縁石を平均台のようにふらふら歩く小織《こおり》に尋ねてみる。

「テストの結果はどうなんだ？」

楽しそうに縁石を踏んでいた小織が、きょとんとしてこちらを向く。

「え、始まってねぇけど？」

ぴたり、と俺と使者の足取りが同時に止まった。

縁石の上で器用にくるんっと振り返った小織は、心底怪訝《けげん》そうに小首を傾《かし》げた。

「そっちが出した条件は、おにーちゃんが『お兄ちゃん』として小織を世界で一番大事にするってことだろ？　遊んだだけで判断できるわけねーだろ、それ」

ひらりと縁石から飛び降りる。小織の濡《ぬ》れ羽色《ばいろ》の髪が、夕陽《ゆうひ》に照らされて妖《あや》しく光る。

彼女の手が、おもむろにショートパンツのポケットに潜った。

「だから全知全能に判断してもらうんだよ」

ピンッと弾《はじ》かれた赤銅色《しやくどう》。

夕焼けの中で煌《きら》めいたそれを、小織が空中で掴《つか》む。

「今からここに、神を降ろす」

小さな手中で鈍く光っていたのは、錆《さ》びついた十円玉だった。

「昨日の『見えない五人目』もそうなんだが、儀式ってのは受動的ではなく能動的な行為なんだよ。こっちがトリガーを引かねぇと現れない怪談を選ぶあたり、小織はとってもいい子じゃん？」

十円玉を空にかざして、小織がほくそ笑む。

「この儀式は、人数や場所を選ばない」

もう片方のポケットから、くしゃくしゃに折りたたまれた一枚の紙が引きずり出された。

殴り書きの五十音表と、中央に据えられた鳥居の絵。

「今すぐ、こっくりさんに教えてもらおーじゃん。おにーちゃんが小織のおにーちゃんとしてふさわしい人物なのかどうかをさ。運が良ければ本物《異世界人》が来るんでしょ？　一石百鳥！」

「ま、待ってください！」

困惑した声が、割り込んだ。

「儀式にはそれが必要なのですか？　その道具さえあれば、場所を選ばずに異世界人が現れる条件を揃《そろ》えられると？」

「あん？　そう言っただろうがよ、使者のねーちゃん」

「そ、んなこと、だったら……」

ありえないです、と絞り出す使者は、愕然《がくぜん》としながら尋ねた。

「だったら何で、涼《りょう》さんがその二つを揃《そろ》えて持っていたのですか？」

「…………は？」

思わず、耳を疑った。

絶句する俺に、使者は訴える。

「野分《のわき》くんを追いかける前に、生徒会室に涼さんを迎えに行ったと言いましたよね？　そのとき涼さんが机の上に広げていたのが、その二つです。何も書かれていない白い紙に、今小織《こおり》ちゃんが持っている紙と全く同じ模様を書き込んでいました」

使者の両手が、縋《すが》るように俺の肩を掴《つか》んだ。

「私が『お勉強中でしたか？』と尋ねたら、涼さんは『そんなものだね』と返しました。その二つは部屋に置いたまま、私たちは野分くんを追ったのです。ねえ、それは何を意味するのですか？　儀式とは何ですか？」

異世界の住民である使者が、その行為の意味に気付けるわけがない。

使者の瞳は、泣き出す寸前のように揺れていた。

「涼さんは何をしようとしていたのですか？　私は何を見逃したんですか？」

使者の問いには答えず、俺は動いた。

震える白い手と、呆気《あっけ》にとられる小さな手をそれぞれ両手に掴んで、学校へと向かって駆け出した。

＊＊＊

学校に向かうと、ちょうど部活動を終えた生徒たちが帰宅している時間帯だった。

人波を逆流して校舎に入った瞬間、使者がハッと息を呑《の》んだ。彼女の両手が、俺と小織の手をそれぞれ掴む。

瞬間、光景は一変した。

「なんだ、これ」

薄暗い廊下には、幾多の鳥居が立っていた。間隔を空けずに立ち並ぶ、くすんだ赤色の鳥居はまるで外界から俺たちを隠す柵のようだ。

鳥居の間には、ぼんやりと白色を放つ灯籠《とうろう》がある。

「〈門〉が開いています。おそらくこれは、条件を寄せるための魔術品ですね」

「これもしかして千本鳥居かぁ？　稲荷《いなり》大社ってところからこっくりさんの狐憑《きつねつ》きに繋《つな》げてるわけ？　すっげぇミリしら結界じゃん、いろんな人に怒られそぉー」

鳥居や灯籠《とうろう》に躊躇《ちゅうちょ》なく触りながら、小織《こおり》はぐんぐんと鳥居をくぐって進んでいく。

校舎にはまだ生徒たちがいる。途中で何人か廊下を歩く生徒とすれ違った。このふざけた鳥居と灯籠こそ見えていないようだが、ちらほらと「なんか寒くない？」「今日、陽《ひ》が落ちるの早いね」という会話なんかも聞こえてきた。

ここで異世界人が顕現したら、目撃者があまりにも多すぎる。

鳥居は生徒会室へと繋《つな》がっていた。

俺は勢いよく扉を開ける。

「あら、いらっしゃい」

そこには天束涼《あまつかりょう》がいた。机に置かれた五十音表と十円玉が目に入る。悠然と椅子に腰かける彼女は、その細い人差し指を十円玉に置いていた。

「よかった、遅かったね」

その一言で、すでに天束が儀式を始めてしまったことが分かった。

「どうしてですか、涼さん」

使者がおずおずと口を開く。

「どうして、わざと儀式を行ったのですか。襲われるのは涼さんなのに」

「どうして、かぁ。理由を聞かれたら、やっぱり協定を破棄したかったからかなぁ。私が囮《おとり》になる代わりに、笈川《おいかわ》くんが私を守ってくれるって約束だったよね。でもごめん、やっぱり私はそれだけじゃ満足できない」

「や、やはり囮にされるのは嫌ですか？　しかし涼さん、あなたはどうしても異世界人に狙われやすいのです。私たちと一緒にいてくれないと危険なのです」

「う－ん、違うなあ。私は別に囮にされることが嫌なわけじゃないんだよね」

「じゃあ、何が――」

「私が嫌なのはね」

窓から注ぐ西日の逆光を浴びながら、天束涼は爽やかに笑う。

「異世界侵攻を止める、という点のみ」

沈黙が下りる。

「………なにを、言って」

凍り付いたような静けさを破ったのは、使者だった。唖然《あぜん》とする彼女に、天束は続ける。

「君が言ったことだよね、異世界の使者さん。魔力を認識できる人間が増えれば、この学校ごと異世界に強制召喚されるって。私はねえ、別に関係のない人たちをみんな巻き込みたいわけじゃないの。でもこれなら、他の誰も巻き込まずに私だけが異世界に行くことができると思うの」

天束涼はそう言って、あっさりと十円玉から指を離した。

その瞬間、部屋の空気が変わる。

「これなら、私一人が憑《つ》かれるだけでいい」

シャン、と遠くから鈴の音が聞こえる。その音を皮切りにしたように、天束《あまつか》の体を白い靄《もや》が包み始めた。ガタガタと彼女の背後にある窓が揺れる。窓の向こうに、帳《とばり》のような白い幕が下り始めた。

天束涼《りょう》は化け物にすら愛される。だからこそ、彼女に認識されようと近付く化け物から天束を守ると約束した。その代わりに囮《おとり》として使うという計画だった。

しかし、その囮という役割は天束の意思によって一変する。

「さあ、おいでよ」

ピシッ、と。

その声につられるように、窓の外に広がる夕焼けに亀裂が走った。

「【私】が、《認知》してあげる」

天束涼は、襲来者を自ら引き寄せることができるのだ。

「下がってください！」

使者が悲鳴に近い声を上げた。反射で天束に近づこうとした小織《こおり》をがっちりと抱きすくめ、庇《かば》うように後退している。

素早く、卓上の十円玉が動いた。

「――【だ、い、は、ち】――より、《巣食》う」

コインの軌道が示す文字を、天東涼は読み上げた。

「【蕩園《とうえん》の魔狐《まこ》】の【花魁《おいらん》】に《愛撫《あいぶ》》さ、れ――の《肢体》を【献上】する」

天東の全身が、黒い靄に包まれた。

ざわざわと波打つ靄を纏《まと》った涼は、まるで深い毛皮を被《かぶ》った獣のようにも見える。彼女が片脚を机の天板に載せ、ひらりと身を躍らせた。天井の近くまで飛び上がり、そのまま身を回しながら振り上げた踵《かかと》を俺の眼前へと叩《たた》き落とす。

「【魔狐】が《屠《ほふ》》るは【彼】の【四肢】」

呪文が、異世界人と一体になった天東の口から紡がれた。

瞬間、ガクンッと地面が揺れる。部屋の中にある棚やテーブルなどといった家具が激しく揺れ、俺はその衝撃に思わず後ろへと倒れ込んだ。明らかに女子高生の力ではない。

天東は蠱惑的《こわくてき》に微笑《ほほえ》んだ。まるっきりいつもと変わらない表情で。

「屋上の鍵は開けてあるよ」

俺を、誘導する。

生徒会は校舎の鍵を管理している。使者と初めて会ったとき、図書室の鍵を返してくれたことを思い出す。

「ほら逃げなきゃ、笈川《おいかわ》くん。校舎にはまだ人が残ってる。巻き込んじゃうよ。確実に誰もいない場所に逃げないと」

どうして、という細い声は使者のものだった。

呆然《ぼうぜん》とする使者の腕を掴《つか》み、俺は生徒会室を飛び出した。使者に抱きすくめられた小織《こおり》もそのまま引っ張られて、俺たちは三人で屋上へと向かう。

天束《あまつか》が魔人の召喚に使った「こっくりさん」は、怪異が人間の体に取り憑《つ》くというものだ。今までの異世界人たちとは全く違う。涼《りょう》は異世界人の力を纏《まと》っている。

涼自身が怪異になったのだ。

「……そっか、やっぱりできるんだ」

引っ張られるようにして階段を駆け上がりながら、小織が小さく呟《つぶや》いた。

「まじかよ、勘弁してくれ」

俺と繋《つな》がった小織の手が、強く握られたような気がした。その微《かす》かな握力と呟きの意味が分からなかったことが、後になって悔やまれる。

しかし、そのときは僅かな違和感を確かめる余裕なんてなかった。

だって。

「ごめんね、笈川くん」

俺たちが屋上へと逃げ込んだ直後、下界と繋がる扉が消えうせた。刷毛《はけ》でペンキが塗られたかのように扉が灰色に塗りつぶされたと思ったら、代わりにその空間に赤い鳥居が浮かび上がる。

　その鳥居の真ん中をくぐって、天束涼が現れる。

「私のことを守ろうとしてくれたのに。良い子の笈川くんを裏切っちゃった」

「……違うって、それ」

　天束涼が纏っていた黒い靄《もや》が、彼女を中心として屋上の地面に這《は》うように広がっていく。影のような闇が足元に纏わりつくのを感じながら、俺は声を絞り出した。

「自分だけ謝らないでくれよ、天束。お前が俺を裏切ったって言うなら、俺だってずっと見ないふりをしてたんだから」

＊＊＊

「……へ？」

　使者が顕現した剣で、足元に纏わりついていた靄を切り捨てる。使者と小織の身を掴んでいた靄も裂き、俺は二人の背中を強く押して貯水槽の奥へと逃げ込ませた。

「待ってよ、笈川くん。見ないふりって何」

　靄を触りたがる小織の首根っこを使者が掴んで、ずるずると引きずりながら貯水槽の裏側へと身を隠す。その様子を見届けてから、俺は天束《あまつか》をまっすぐに向く。彼女の明るい瞳は、わずかに動揺の色を浮かべていた。

その双眸《そうぼう》を見返しながら、今まで見ないふりをしていたものに触れていく。

触れたら取り返しがつかなくなると思って、踏み込まなかった部分に歩を進めていく。

「……氷山凍《ひやまいてる》のツイッターに書いてあった『プール男』の詳細は、とある女子生徒をストーキングしていた不審者が、授業中にプールのフェンスを乗り越えて侵入してきたという事件が契機になって、その不審者の霊が学校に現れるようになったというものだったよな」

「それが、どうして私の裏切りを予言できたことになるの？」

「大いに関係あるんだよ、天束。『プール男』はフェンスを乗り越えて、授業中のプールに侵入してきたんだろ？」

「それが何？」

「だったらどうして、天束が『プール男』に襲われていたときにプールの鍵が壊されてたんだよ」

「………………」

俺たちがプールに到着したとき、プールの鍵は壊されていた。

「『プール男』はフェンスを乗り越えて侵入してきた不審者の霊だ。なら、わざわざ入り口の鍵を壊す必要はない。あの鍵を壊したのは『プール男』ではないんだよ」

だとしたら、プールの鍵は誰によって破壊されたのか。

「プールの鍵を壊したのは、天束だったんだろ？　あの日、天束は『プール男』に一方的に襲われていたわけではない。プールに異世界の魔人が顕現したのを見て、自分からプールに侵入して魔人と接触しようとしたんだろう？」

天束涼《りょう》は初めから、非日常との繋《つな》がりを歓迎していた。

そんな彼女が、使者から自分は異世界人に狙われやすいと聞いたとき、果たしてどんな気持ちだったのだろうか。

「そして『見えない五人目』の儀式」

儀式が始められた直後、俺が抱いた小さな違和感。

「天束は『この場にいるのは五人』という条件で、儀式を始めたんだ」

貯水槽の裏から、使者が「……っ、待ってください！」と口を挟んだ。

「あの場にいたのは四人ですよ。私と野分《のわき》くんと、涼さんと小織《こおり》ちゃん。それで全員です」

「でも氷山凍の調査レポでは、アップされた動画は全部真っ暗になっていた。『見えない五人目』で視覚からの情報は加味されない。あくまで真っ暗な動画から分かること──聞こえたものが全てなんだ」

「………へぇ」

天束《あまつか》の唇が薄く開いて、赤い舌がちろりと覗《のぞ》いた。

歪《いびつ》な微笑《ほほえ》み以上のものを返さなかったことを、先の促しと捉えて話を続ける。

「あの場にいた人間は四人だ。しかし、あの場に上がっていた名前は五人分」

俺は、言った。

「天束は、『夜見小織《よみこおり》』と『氷山凍《ひやまいてる》』を呼び分けていた。それこそ目を瞑《つぶ》れば、そこに存在しないはずの五人目がいると思えるように」

『氷山凍と夜見小織ちゃんね、覚えた。あと私のことは名前で呼びなさい、私の名前は天束涼《りょう》っていうんだから。ねえ、ここには子供だけで来たの？』

『小織さんだよね。あなたも氷山凍と無関係じゃないんでしょ』

『私のことは囮《おとり》にしてオッケーで、子供たちは見逃すって、それってちょっとひどいんじゃない？』

そんな見逃してしまいそうなくらい些細《ささい》な要素を織り交ぜながら、平然と話していた。

確かにあの晩、校庭には――『氷山凍』という五人目がいたのである。

「氷山凍のツイッターは、あくまで〈地元〉の都市伝説の噂《うわさ》を聞いた氷山が後から調査をして、その結果を報告するというスタンスだ。でも『見えない五人目』の都市伝説だけは、氷山凍が今まさに儀式が行われている場に居合わせているという現在進行形の記録で更新されていた。『見えない五人目』は、他の都市伝説とは明らかに違うんだ」

ゴン、と後方から低い打撃音がした。肩越しにそちらを振り返ると、その音は小織が貯水槽を小さな手でぶん殴った音だった。

痛そうな顔をして手を振るいながら、小織は「うぇぁー」と呆《あき》れたような諦めたような声を漏らした。いきなりの怪奇行動にビビって動揺している使者には一瞥《いちべつ》もくれず、溜息《ためいき》交じりに「だよねぇー」と呟《つぶや》く。

「そぉーなんだよぉー……まあその違和感くらいは、別に氷山のツイッターを熱心に追ってるフォロワーじゃなくても気付くんだわ。そーだよねぇ」

氷山凍こと夜見小織は、肩をすくめた。

「『見えない五人目』に出てくる氷山凍は、明らかに今までの氷山とは違ぇんだもん」

天東涼は、異世界侵攻を歓迎している。だからこそ〈門〉で二つの世界を繋《つな》ぐために、確実に都市伝説を実行しようとしたはずだ。

だが、『見えない五人目』は儀式を行う四人の人間と、それを見守る氷山凍という観測者が必要となる。元ネタである氷山のツイッターを忠実に再現するなら、『見えない五人目』という都市伝説を再現するのに必要な人数は——正しくは、五人なのだ。

「そんなの……ほんの些細な要素じゃないですか」

物陰から、使者が困惑したような声を漏らした。

「都市伝説は五人じゃないと成立しないのではというのも、確証のない予想です。むしろ葉桜《はざくら》様は実際に五人必要な都市伝説に四人しかいなかったとしても、『五人目は儀式に参加していないからノーカン』とか強引な理由を付けてでも都市伝説を実現させるような人ですよ？　涼《りょう》さんがそんなことする必要は、なかったんじゃ」

使者の一言は、天束《あまつか》涼がそんな裏の意図を巡らせていたなんて信じたくないという真意を含んでいた。しかし天束は、そんな使者を鋭く光る瞳で見やる。

「えーだって……そういう他人任せなんて、嫌じゃんか」

あっさりと断言する。

「そんな奴隷根性、願い下げなんだよ」

使者がぐっと押し黙った。泣く寸前の赤ん坊のように、整った顔がぐしゃりと歪《ゆが》む。

そんな使者から天束の視線を外させるために、俺は声を張る。

「天束は四人で儀式を行って都市伝説が『不成立』と解釈される可能性が生じるくらいなら、いないはずの五人目を自分からでっちあげて、より確実に都市伝説を成立させようとしたんだろ？」

「そうだねぇ。笈川《おいかわ》くんが雑な悪役ムーブをして、使者ちゃんを使って氷山凍《ひやまいてる》と小織《こおり》ちゃんが同一人物だと口に出して示さなければ完璧だったんだけど」

「使ったんじゃなくて、任せたんだ。絶対に止めてくれると思ったから」

言葉の端々に突き立てられた棘《とげ》が使者に刺さる前に、一本も逃さずに抜かなければならない。俺を直接刺してくれればいいのに、きっと天束は俺のせいで使者が傷つく方が俺にとってダメージが大きいと理解している。

現に、もう。

言葉を失って俯《うつむ》く使者を見るだけで、いたたまれない。

「なぁ天束」

こうなる前に聞けばよかった、と心から思う。

聞いてしまったら現実になってしまいそうで、触れずに蓋をしてしまった。

「使者が『些細《ささい》な要素』と言ったけど……そんな些細な要素も見逃したくないくらい、お前は切実に異世界に行きたかったんだよな」

「ええー、些細な偶然が揃《そろ》っただけかもしれないじゃん」

「違うだろ。そんな殊勝じゃないよ、お前」

天束が細い息を吐き出した。その反応が、一連の指摘が当たっていたことを示している。

俺たちには一切勘付かれないように、あの場で自分が一番狙われやすいと承知した上で、天束涼は異世界人たちを呼び寄せようとしたのである。

異世界人たちは、天束涼の噂《うわさ》を広める力に魅せられた。

しかし天束涼も、異世界人が誘《いざな》う世界へと魅せられていたのだ。

「……そう、私は異世界に行きたいの。だってこっちの世界、もう私が何やっても何も変わらないじゃん」

深い嘆息と共に、彼女が一歩前進する。それだけで彼女の踵《かかと》が踏みつけたコンクリートに、蜘蛛《くも》の巣のような亀裂が走った。

「私は、私のことを誰も知らないまっさらな世界で……一歩目を、踏みたくってさ」

——【脚】を《献上》。

そう呟《つぶや》くや否や天空の学院に向かって大きく跳躍した影は、一呼吸ほど宙にとどまってから俺に向かって落下してきた。薄暗がりの空を切り裂く一閃《いっせん》となって、そのまま俺の脳天を狙った。すんでのところで躱《かわ》すも、脳が震えるほどの衝撃波に襲われて後方に倒れ込んでしまう。

「だから早く、私を倒してよ」

目の前にいる少女は、明らかに人間ではない。毛羽立った黒い影を纏《まと》う天束《あまつか》を見上げて、手中の剣を固く握りしめる。

おそらく天束は自分が取り憑《つ》かれることで、怪異が倒されると同時に自分も異世界へ行くことを目論《もくろ》んでいる。煽《あお》るような挑戦的な瞳で俺を射すくめて、軽くステップを踏むように距離を取った。

「早く私を異世界に送り出して、笈川《おいかわ》くん」

アスファルトの地に腰を落とした俺の下半身を、彼女の足元から伸びる黒い影が侵食し始めた。引きちぎるように固く脚を締め上げられて、思わず喉の奥から呻《うめ》き声が漏れる。

天束が笑う。影がじわじわと、俺の頸《くび》を狙って胸元を上がり始めた。

俺は、言った。

「絶対に嫌だ。だって天束の『異世界に行きたい』は『死にたい』って意味に聞こえる」

別にお前自身の気持ちを尊重しないわけではない。

でも、それだけはダメだろ。

「それを、葉桜《はざくら》を連れ去られた俺の前で言うってのはダメだろ。その程度のことは分かるだろ、分からない天束じゃないだろ。分からないまま祈るなよ」

いつのまにか、懇願するような口調になってしまっていた。黒い影を全身に纏わせて異形の姿になっていたとしても、どうしても俺の脳裏に浮かぶ天束涼《りょう》は多くの人間を魅了する魅力的な少女なのだ。

いくら本人がそれを願い下げだと思っていても、天束涼がそのくらいの道理も分からない無神経な人間だとは思いたくないのだ。

「殊勝じゃないよ、天束は。天束が言葉で誰かを殴るときは、いつも意図的だっただろ。今だって、俺に倒される化け物になるために意図的に使者を殴ってただろ。気付かずに、無意識に誰かを傷つけるようなことはしないだろ。だから葉桜がいない俺に、異世界に行かせてくれって頼むなよ」

天束《あまつか》の怜悧《れいり》に整った顔立ちがぐにゃっと歪《ゆが》んだ。苦いものを無理やり呑《の》まされたような苦しそうな表情を見て、俺の言葉が剣よりも鋭く天束を抉《えぐ》ったことを確信する。

きっとどんな罵倒よりも、彼女には自分の無神経を突き付けられる言葉が響く。

「……っ、そう」

絞り出された天束の一声は、震えていた。俺の半身を捕らえていた黒い影が、不意に動きを止める。止めてしまった自分に絶望するように固く唇を噛《か》む。

天束の体が軽やかに跳ねた。ワンステップで高く舞った彼女は、そのまま宙で一回転して体を反転させ、屋上のフェンスの上にトンッと両脚を揃《そろ》えて着地する。

冷たい夕方の風が、天束の髪を柔らかく崩す。

「プールで襲われている私を助けてくれてありがとう、笈川《おいかわ》くん」

天使の歌声のように、清らかに嘯《うそぶ》く。

「『プール男』の都市伝説で、私はトイレで水の檻《おり》に襲われた。その水の檻は、魔人と共に消失したよね。水の魔人が使っていた水は、プールの給水管から溢《あふ》れたもの――つまり、こちら側の世界のものだった。そのときに確信したの、こちら側の世界にあるものでも〈門〉を越えることが可能だって」

軽やかに嗤《わら》う。

「小織《こおり》ちゃんの創った都市伝説の中で一番試したかったのは、やっぱり儀式を執り行うストーリーだったよ。『見えない五人目』で、儀式を行った人間は化け物が消えても現実世界に残されることに気が付いた。おかげさまで、〈門〉を越える条件を知ることができたの。まず自分が異世界人の異能の一部にならなければならないということを。そして笈川くんが私を倒してくれれば、私は異世界人ごと〈門〉の向こう側に戻れる。私はなりたい自分として、新しい世界で生きていける」

「なりたい自分って……待てよ、天束涼《りょう》。それって結局、異世界人に自分をうまく使ってもらうってこと？　使者のねーちゃんには奴隷根性とか言っておいてさぁ」

つらつらと語っていた天束の語り口に、水が差された。

いたって不思議そうに尋ねたのは、小織だった。全身に黒い影を纏《まと》う天束を見上げて、子供は純粋な瞳で問いかける。

「そういうアンタは、道具になりたかったのか？」

一分の歪みもない天束涼の笑顔が、固まった。

道具。

奇《く》しくも、その一言で気が付いた。

「…………あ、れ」

この異世界侵攻の根源は、笈川葉桜《おいかわはざくら》だ。葉桜にとって、天束涼《あまつかりょう》の進退など知ったことではないはずだ。一人の少女の意志も願いも、心底どうでもいいに違いない。

まさしく葉桜には、天束涼はただの道具にしか見えていないはずなのだ。

「え、だって」

だとしたら今の天束涼には、葉桜にとって道具としての価値はあるのか？

小織《こおり》の『兄』として行動することになってから、氷山凍《ひやまいてる》のツイートは一晩でほとんど全て読みつくした。だからこっくりさんの顛末《てんまつ》が『その後、彼女が友人たちの前に姿を現すことはなかった』で終わっていることも知っている。

姿を現すことはなかった、って。

花火大会は明日なのに。

天束涼が異世界人に狙われていた理由は、被害者が天束涼であることで都市伝説の噂《うわさ》が通常よりも早く広まり、魔法を認識できる人間が増えるから——ということだった。

だとしても、だ。

高校生が土曜日の夕方に消えたくらいで、翌日までにそんなに噂になるか？

笈川葉桜が本当に天束涼のことを『ただの道具』としか見ていないなら、もっと効率的な道具の使い道がある。

「待て、天束――――……っ！」

葉桜なら、正しく道具を使う。

だからこそ俺は叫んだ。しかし、それでも遅かった。

瞬間。

「――――……っ、え」

ガクンッ、と。

まるで見えない力に引っ張られるように、天束の体がフェンスの外側に傾く。

天束涼が、落下した。

第四章　夢見る少女は空が見たい

天束涼《あまつかりよう》の体がフェンスの外側に傾く。

その瞬間に、貯水槽の裏に立っていた銀色の影が動いた。強く屋上の地面を蹴った使者の長い髪が夜風に舞い上がる。流星のような素早さで飛び出した彼女は、天束涼の黒い影に纏《まと》われた両手を何の躊躇《ちゅうちょ》もなく鷲掴《わしづか》みにした。

「んぎぃぃぃぃ」

見えない力によって地上へと引き込まれる天束を、華奢《きゃしゃ》な体躯《たいく》の使者が思いっきり引っ張り返す。黒い影が膨らむ。強い力に引っ張られて使者の両脚が浮いた。フェンスに上半身が引き上げられ、地上へと身を乗り出した状態になっても使者は手を放さなかった。

翠《みどり》色の瞳が、天束涼の落下地点を見据えて細められる。

「あれだけ、魔道具じゃありませんね」

天束の真下にあったのは、水平に顕現した巨大な赤い鳥居だった。それに気が付いて、小織《こおり》が「おい！」と叫ぶ。

「使者のねーちゃん、『こっくりさん』は鳥居から帰るんだぜ！」

「鳥居って、あれのことです？　なるほど、あの奥にあるのが本陣ですか」

淡白に呟《つぶや》き、使者が片手を放す。天束の体が自重で大きく揺れたが、使者は一切体幹を揺らさずに片手で天束を支えきった。

「道具と言われて、気が付きました。今まで私が剣しか使わなかったのは、野分《のわき》くんが戦うという約束だったからです。戦い慣れていない素人に扱えるのは、片手でも振れる剣がせいぜいだと思っていたからです。だから――」

使者の右手に、銀色の光の粒子が集まり始めた。詠唱も省略した彼女の瞳は、闇夜の中で爛々《らんらん》と輝きながらまっすぐに鳥居の奥に広がる黒い虚空を見つめていた。

「危ないので、手出し無用でお願いします」

使者の手中に顕現したのは、豪奢《ごうしゃ》な彫刻が施された長銃だった。彼女の髪色と同じ銀色の銃身を肩に据えて、右手と頬《ほお》だけで銃口を固定する。

鳥居の奥に沈んだ虚空に、巨大な瞳孔が開く。鳥居から黒い影で出来た虫のようなシルエットが噴き上がり、天束へと向かって柱となって襲い掛かる。

使者が、呆《あき》れたように吐き捨てた。

「人を殺そうとしているにしては、ずいぶん悠長ですね」

銃口から、白い火花が上がった。

鋭い銃声は一発だけ響いた。瞬間、鳥居の奥にあった獣のような瞳孔が硝子《ガラス》細工のように割れた。悲鳴じみた轟音《ごうおん》が轟《とどろ》き、黒い影が煤《すす》を払うように霧散する。

影も鳥居も天空の校舎も、全てがその銃声の直後に消滅した。

天束《あまつか》の体に纏《まと》わりついていた黒い影すらも消えたのを見届けて、使者がぐっと天束の体《たい》躯《く》を引き上げる。屋上のコンクリートに二人分の体重が落っこちた。

「なんで」

途方に暮れたような声を絞り出したのは、天束だった。

俺は唇を噛《か》む。なんでって、そんなこと。

「……葉桜《はざくら》だから」

その一言で、充分なのだ。

「一日だけ行方不明にするよりも、ここで落下させて天束の死体でも晒《さら》しておいた方が『噂《うわさ》を広める』ためには有効だって――葉桜なら、そう考えるから」

俯《うつむ》いた天束の喉の奥から、ぐぅっと低い呻《うめ》き声が漏れる。

「……なんだかなぁ」

諦めたような色を帯びた溜息《ためいき》に、意識が取られていた。

トコトコと貯水槽の後ろから出てきた小織《こおり》が、何やら言いたげな表情をしていたことに気が付かなかった。

「使者のねーちゃん、なんで助けたの？」

だから気が付いたときには、すでに拳が振り上げられていた。

天束涼《りょう》が意図的に言葉で人間を殴るとしたら、こっちの子供は全てが無自覚だ。

「……はい？」

使者が、訝《いぶか》しげな表情を浮かべる。

「そ、それは……涼さんがあちら側の世界に行ったとしても、私に損はないのではということですか？　私とて葉桜様の異世界侵攻は止めたい立場ですし、野分《のわき》くんが止めたい顔をしていましたし——」

「え、じゃあ何で？」

「はい？」

どこまでも他意のない小織の眼差《まなざ》しに、背筋が冷える。

まずい。そう察した瞬間、俺は思わず声を上げていた。

「やめろ、小織」

しかし、聡《さと》い子供の方が早かった。

「おにーちゃんたちを裏切るつもりじゃなかったなら、何で自分が言ってることおかしいって気付かないの？」

俺は思わず、無防備だった小織の肩に手を置いていた。俺は小織の兄なんかではない。

だから赤の他人である年上として、赤の他人の小学生にできる精一杯の制止をかける。

そんな軽い踏み込み方では、小織は制止されたとも気付かない。

「だって使者のねーちゃんの説明って——」

「小織《こおり》」

鋭く呼ばれて、ようやく小織は口を噤《つぐ》んだ。きょとんとして俺の方を見やり、小首を傾《かし》げる。小織に言わせてはいけない。その言葉が持つ意味に気付いていないような、その一言が地雷であることが分からないような子供に。

不意に、使者と目が合う。

「野分《のわき》くん」

翠色《みどり》の瞳に戸惑いの影を差しながら、使者はまっすぐ俺から視線を外さない。

「……フェアがいいです」

切実に絞り出された一言に、腹が据わる。そういえば、ついさっき天束《あまつか》に核心を突かなかったことを後悔したばかりだ。

だから、口を開く。

慎重に、踏み込む。

「使者が俺たちに説明したこと、おかしいって思わないか?」

使者はきゅっと唇を噛《か》んで、俺を見上げた。

「どういうことですか」

まっすぐ俺を見上げる使者はやっぱり俺や天束を騙《だま》しているような人間には見えなくて、

背後に小織の存在を感じていなければこれ以上の追及をやめてしまいそうだった。

でも、もう後戻りは不可能だ。一度でも疑ったなら無かったことにはできない。

「異世界では、認識されるほどに魔力が強く効力を放つんだよな」

「……その通りです。だからこそ魔力の存在を認識していなかった葉桜《はざくら》様は、周囲からの魔力に一切の干渉を受けることなく都市の支配者となることができました」

教科書を音読するかのように、淡々と生真面目《きまじめ》に繰り返す。

肩に手を置かれたまま、小織が何事かと言いたげにこちらを仰ぎ見ている。

「葉桜が来た世界――つまり俺たちの世界のことは異世界で誰も知らなくて、だから葉桜は異世界の都市で無双ができたんだよな？」

「そ、その通りです。誰も葉桜様のような存在を知りませんでした」

「だったらどうして、誰も認識していないこちらの世界と向こうの世界を繋《つな》ぐ魔法が発動できたんだ？」

「……はい？」

一瞬、使者の揺るぎなかった双眸《そうぼう》が揺れた。一瞬だけ見えた隙の先に、どんな言葉が紡がれるのか神経を集中させる。言い訳ができるほど器用な性格でもないだろう。しかし、使者が吐き出した一言は――

「き……奇跡、じゃないんですか？」

言い訳どころか弁解ですらない。動揺の一端すらも見えない。

その一言は、騙《だま》された人間のものでしかなかった。

「……奇跡なんかじゃなく、ちゃんと説明できるんだよ」

その可能性を指摘しなかったのは、その事実が彼女の信じるものに直結するからだ。

「こちら側の世界の存在に気付いた上で、黙っていた連中がいるんだ」

「ど、どうしてそんなことを……」

使者はまだ納得しなかった。胸の前で握り締められた彼女の両手が、凍えるように震えている。

「だって、そんな……こと、しても……メリットはないはずです」

「あるだろメリット。今まさに葉桜《はざくら》がやっていることを、自分たちだけで実行できるんだ」

俺たちの世界を、侵略することができる。世界を一つ制圧する。

「世界侵略の利益を、独占できる」

いいか、と俺は一歩を踏み出す。使者は身をすくめながらも、退《ひ》くことはなかった。

「異世界では、認識が強ければ魔力が強まる。つまりこちら側の世界を侵略するためには、こちら側の世界に詳しい原住民を無理やりに拉致して、そいつが持っている現実世界の情報を利用することが手っ取り早いんだ。実際、葉桜はこっち側の世界での怪談を利用して異世界侵攻を行った」

「何者かが、こちらの世界を侵略するために……葉桜様を、秘密裏に拉致したと？」

でも！と使者はそれでも食い下がる。

「そんな大掛かりな計画を隠し通して……いえ、こちらの世界の存在を私たちの世界の人々に隠し通すなんて、現実的ではありません！」

「叶《かな》える魔法が、存在するだろ」

この一撃で確実にトドメを刺してやりたい。そう思ったからこそ、俺は彼女の心が確実に折れる言葉を選んだ。

「お前の認識改竄《かいざん》魔法だよ」

長い沈黙が流れた。

「……私じゃありません」

使者が絞り出した言葉は、もはや反論ではなかった。口にすることで確信を強めようとするような、揺るぎのない色を帯びている。

「でも、私の魔法は私だけのものではありません」

認識改竄魔法は一族に伝わるものである、と使者は言っていた。こちら側の世界に来たのは、一族の役に立つためだと。

「私は……私が、野分《のわき》くんと小織《こおり》ちゃんが違和感を抱いたようなことに……気が付けなかったのは、私が……私の一族の者に、認識を改竄《かいざん》されていたから」

疑えないように、飼いならされていたから。

「認識改竄魔法は、その魔法がかけられているということを疑わなければ解除することはできません」

俺が笈川葉桜《おいかわはざくら》の存在を思い出して、使者のことを恋人ではないと見抜いたように。

破るためには、疑いの種が必要なのだ。

「私は……そんな」

きつく両手を握り締めて、使者は濡《ぬ》れた声を漏らした。

「疑わない、です。家族のことなんて」

疑えない、ではなく「疑わない」と言い切った。

そんな微妙な言い方にすら彼女らしさが滲《にじ》む。自分がもたらしたこと全てに自分自身で責任を取り、自分が騙《だま》された被害者なのではなく自分が誤っていただけなのだという言い方をする彼女は、さぞかし扱いやすかっただろう。

さぞかし、切り捨てるのに都合がよかったはずだ。

「ごめんなさい、涼《りょう》さん」

ごく当たり前のように吐き出された一言に、呆然《ぼうぜん》と俺たちの話を聞いていた天束《あまつか》涼の表情が曇った。

「あなたが屋上から落とされかけたのも、巡り巡って私たちのせいです」

「……違う」

即答ではなかった。

「違います、涼さん。私がもっと早く気付いていれば、あなただって――」

「勘弁してよ、私から私がやったことまで奪っていかないで」

「………へ」

使者が、きょとんとして口を噤《つぐ》む。そんな使者を一瞥《いちべつ》して、天束は短く息を吐く。

「今度はちゃんと、意図的に刺せた」

「はい？　涼さん？」

「ごめんね、使者ちゃん。私がやったことだけは絶対に、君のせいではないんだ」

使者がパチパチと日を瞬《まばた》かせる。そんな使者に自嘲気味の苦笑を返して、天束は俺へと向き直った。

「どうするの、笈川くん。このままじゃ明日には、君のお姉さんが世界を支配しにくるよ。何か対策しないの？」

いや、と天束が肩をすくめて、

「違うか。もしかして、君のお姉さんは利用されてるだけかもしれないもんね」

俺はコンクリートの地面に腰を下ろした。天束と使者と視線を合わせる。

どう足掻《あが》いたって、俺にできることは一つしかない。

「それでも葉桜《はざくら》に会って、全部知りたい」

血肉が沸き立つ戦いも、異世界での胸躍る冒険も、総じて俺の役割ではない。俺が持っている唯一の武器は、笈川《おいかわ》葉桜との繋《つな》がりだけだ。

それさえ握りしめていれば、俺の望みは全て叶《かな》ってしまうのだから。

笈川葉桜と対峙《たいじ》する。俺ができるのは、それだけだ。

「だから――」

＊＊＊

翌日――つまり、夏祭りの日。

花火大会は夜の七時からだったが、俺が駅前で小織《こおり》を拾ったのは正午だった。

「なんで使者のねーちゃんに全部話したんだよ」

開口一番に吐き出されたその一言が、昨日からずっと引っ掛かっていたのだろう。それでも使者の前でその疑問を口にしなかった程度には、周囲を気遣ってくれたのだ。

そんな小織だからこそ、やっぱり言わせなくてよかったと思う。

「裏切られ云々《うんぬん》のことは気付いていたうえで黙ってたんだろ、おにーちゃん。なんで小織に示唆された瞬間に喋《しゃべ》った？」

「お前に主導権を握らせるよりはマシだからだよ」

「ぁん？」

その一言の重さも分からない子供に、引き金を引いてから意味を理解されて後悔されるよりもマシだったからだ。

「……無知と無垢《むく》の違いを分かってんのかね、おにーちゃんは。小織は前者であっても後者ではねーんだがな」

言葉を尽くしての説明をしない俺に対して、小織はわずかに煙たげな目を向けたが、すぐに道行く浴衣姿に日を奪われて「お祭りだぁ」と楽しそうに頰《ほお》を緩ませる。

「あのね、今日の小織は千二百円持ってんの！　なんか奢《おご》ったげてもいーよ」

「小学生に奢られたら心が折れそう……」

「てか、おにーちゃん。今日は本当に一人なんか？」

「本当に一人だよ。使者は天束《あまつか》と一緒に行動してるから。だから俺しか守れる人員がいないけど、すぐに合流するから安心して――」

「あっははぁ！　やっぱ変なのぉ」

軽快な笑い声を上げながら、小織がこちらを仰ぎ見た。

「おにーちゃんって、氷山凍《ひやまいてる》を守るために夜中の学校に来てまで探してたのか？」

「……は？」

　思わず、足が止まってしまった。

　急に立ち止まった俺を「ぉあ？」と怪訝《けげん》そうに振り返る。使者に矛盾を突き付けたときと同じ、他意のない純粋な瞳が俺を射る。

　違う。

　別に俺は、保護が優先だったわけではなく。

「……氷山凍《ひやまいてる》を、ただ仲間にしたくて」

「んふ、やっぱり変。なんで小織《こおり》本人に会ったとたん、対等じゃない見方になってんのかな。小織は仲間になるのにうってつけの人材じゃねぇの？　おにーちゃんが気付くことは小織もちゃーんと気付くし、おにーちゃんが躊躇《ちゅうちょ》することにも小織は遠慮せず踏み込めるんだが？」

　するりと蛇のように俺の腕に絡みつきながら、小織は笑った。

「小織は『対等な仲間』にふさわしい逸材じゃねーの？」

　その大きな双眸《そうぼう》が放つ挑戦的な眼光を受け止め、俺は言葉に詰まった。

　小織が欲しかったものは、最初からそれだったのだろう。ファミレスで俺をロリコンとか何とか言いながら糾弾していたときですら、小織はずっと楽しそうだった。別に本心から身の危険を感じていたわけではない。相手をしてもらえることが嬉《うれ》しかったのだ。

自分が一人の人間として相手をしてもらえている、という実感だけで。

俺は、小織の正面で膝を折った。

「おん？」

ここで「その通りだ！」と力強く頷《うなず》いて、小織の肩を叩《たた》くのが正解なのだろう。間違いなく。そういうことができる人間が「お兄ちゃん」だったら、小織も迷いのない足取りで俺を追いかけてくるのだろう。

それが正しいとは分かっているけれども、どうしても。

「……あのな」

夜道をぽつんと一人で歩いていた子供のその問いかけを、どうしても肯定できなかった。

「お前のような子供に対して『俺とお前は対等だ』と言う年上の男が現れたら、そいつはお前を搾取しようとしているカスだよ」

小織の表情が消えた。

その無表情に浮かぶ絶望を見て取りながら、俺は視線を外さずに小織を見つめる。小織の聡明《そうめい》さも豪胆さも創造力も、全ての才気に「子供」という要素で蓋をしてしまう。小織にとっては理不尽すぎる一言だ。でも引けない。

小織が上手に背伸びできることは知っている。

でもここで小織の背伸びに付け込んだら、それこそフェアじゃない。

途方に暮れたような声を絞り出して、小織《こおり》は俺の視線に圧《お》されるように——渋々頷《うなず》いた。

「う……ぅん」

小織にとっては理不尽すぎる俺の答えを、無理やり呑《の》み込ませてしまった。これだって充分に暴力だ。

迷子になった幼児のように心許《こころもと》ない表情を浮かべた小織を見ていると、そんな顔をさせなくても小織を尊重できる方法があったのではないかと思ってしまう。

というか、あってくれよ。

頼むよ、世界。別に俺は、魔法を使って無双させろって言ってるわけじゃないんだから。

＊＊＊

花火大会の時刻に近づいたころ。

学校に向かうと、校庭は大勢の生徒たちでごった返していた。見るからに部外者らしき人影もたくさんあって、部活動の時間帯でもここまで校庭が賑《にぎ》わうことはないだろうというほどの喧噪《けんそう》である。

小織をグラウンドの隅に居させて、俺は校舎の中へと入っていった。

屋上の鍵は開いていた。

眼下の生徒たちから身を隠すようにグラウンドとは反対側のフェンスへと寄りかかり、雲一つない夜空を見上げる。

異世界の侵略者は、氷山凍《ひやまいてる》が流した都市伝説を媒介にして現れる。

氷山凍のアカウントには、数分前に新たな都市伝説の調査記録があげられた。

その都市伝説の名は、『迎え火の花嫁』。

内容は、他の都市伝説と比べれば陳腐な怪談話だった。いつもの氷山の調査レポのような現場の写真や詳細な時系列などもなく、ほとんどがただの語りで構成されている。

とある少女が交通事故に遭った。しかし、彼女には幼い頃に結婚を約束した相手がいた。だから死んだはずの少女は、数年後にその結婚相手のもとを訪れて彼を異界へと引きずり込もうとする。

彼女が結婚を約束した、夏祭りの日の夜に。

「…………あ」

閃光《せんこう》が散った。思わず振り返り、屋上のフェンスよりも高い位置に弾《はじ》ける花弁を見上げる。降り注ぐ火の花を切り裂くように、その学園が姿を現した。

わぁっとグラウンドから歓声が上がる。そんな人の群れを包み込むように、天空から溶けだした白い幕が夜空を覆い始める。

銃声にも似た音と共に、眩《まぶ》しい火の粉が頭上を舞う。

その鮮やかな閃光《せんこう》が、彼女が支配した異世界の学院を祝福するように輝かせた。

不意に、耳元に吐息がかかった。

「私以外に見惚《みと》れてる」

「あら、悪い子」

軽やかに指を弾《はじ》く音がする。同時に、夜空に咲いていた花火が静止した。校庭からの歓声も、火の粉の花弁も、世界の全てが静止する。

何もかもが歩みを止めた世界の中で、聞き慣れた含み笑いだけが耳朶《じだ》を打った。

「……悪い子だなんて言わないでくれよ」

絞り出した声は、わずかに震えていた。

「俺は葉桜《はざくら》の『良い子』の一言だけあれば、あとは何もいらないのに」

振り返ると、果たしてそこに彼女はいた。

その瞳が映し出す鮮烈な紅《あか》を、まっすぐに見据える。

「………………葉桜」

記憶の中にいる姿よりもずっと大人びた彼女は、艶《つや》やかな唇を弧の形にして微笑《ほほえ》んだ。

蕩《とろ》けたように細められた瞳の奥に、吸い込まれそうな深い輝きが宿っている。

その眼差《まなざ》しは、記憶と寸分違わない。

夜空よりも深い色をした漆黒の髪は、彼女を守る羽のようにしなやかな体躯《たいく》に沿って流れている。流水のように艶めいたロングドレスは、彼女の好きな黒色だ。レース地の手袋に包まれたたおやかな五指が、陶器のように白い肌に触れる。

「野分《のわき》くん」

脳髄に沁《し》み込むような甘い声を紡ぐ唇が、艶美にほどけて笑みを描く。あの頃と変わらない。何も変わらない。

彼女から与えられる情報の全てが、記憶の扉を強制的に開ける。

笈川《おいかわ》葉桜がそこにいた。

「上手に遊べた？」

歌うように嘯《うそぶ》く。ドレスの裾から白い脚がちらついた。固まってしまっていた俺に、葉桜は慈悲深く微笑みかける。

「ねえ、楽しく遊べた？」

「……は？」

「上手でしょ、パズル」

その言葉の意味が分からなくて、俺は口ごもる。

そんな俺に対して、葉桜《はざくら》は大人びた笑みを返した。彼女が微《かす》かに肩をすくめると、艶《つや》やかな髪がさらりと音をたてて夜空に零《こぼ》れる。

「あの子の欠けているところ、上手に埋められた？」

脳裏で銀髪が揺れた。

「……――な」

葉桜と話がしたかった。だから、小織《こおり》の都市伝説を利用して呼んだ。

そんな目的は、笈川《おいかわ》葉桜の一言によって瞬時に朽ちた。話すまでもない。問いただす必要もない。

その一言だけで、葉桜が何もかも知っていたと理解できてしまった。

「やめてくれ、葉桜」

闇夜に溶ける美しい姉に、俺は懇願した。

「そんなひどいこと言わないでくれ。だって俺は、葉桜には何を言われても怒れないんだから」

たとえ世界を侵略すると言われても、俺が葉桜に怒りを向けられるわけがない。

正常に怒れないのは俺が悪いのに、葉桜にやめろと懇願するのだから卑劣だと思う。そうは思うけど、やっぱり無理だ。

だって「葉桜が目の前にいる」という事実の前では、どんな理不尽も不条理も霞《かす》む。

「ねえ、野分《のわき》くん」

葉桜が、蠱惑的《こわくてき》に微笑《ほほえ》んだ。繊細なレースの手袋に包まれた指先が、空に弾《はじ》けた火花の軌道を軽やかになぞる。

「お話しして」

細い指先の揺らめきが、指揮棒のように俺を促す。誘われるがままに口を開く。

思い出す。俺の一挙手一投足は、全て笈川葉桜によってもたらされるものだったことを。

「葉桜はやっぱり、使者が何者かに騙《だま》されていたことに勘付いてたんだよな。だとしたら、自分を異世界に拉致した犯人がいることにも気付いてたんじゃないのか？」

「そんなに踏まなくても大丈夫」

「は？」

「段階」

心地よい苦笑が耳朶《じだ》を打つ。柳眉を下げながら、葉桜は嘯《うそぶ》く。

「手を繋《つな》ぎたいからって女の子の荷物を片方持ったり、キスをしたいからって人通りの少ない道を歩いたり、そういうことしなくても大丈夫。あなたの言いたいことを言うために、段階を踏んで私に近づこうとしなくても大丈夫なの」

葉桜《はざくら》の艶《つや》めいた唇が、愛らしく弧を描いた。

「お姉ちゃんに何が言いたいの？　時間を惜しんで、本当に言いたいことだけ言って」

「…………」

当然と言えば、当然の答えである。俺《弟》が気付いていることに、葉桜《姉》が気付かないわけがない。

やはり葉桜は、自分を拉致した人物がいたことを知っていた。

「……何で」

現実世界の知識を持っている葉桜が二つの世界を繋《つな》ぐ能力を使えば、こちらの世界を侵略することができる。しかし異世界侵攻をするための駒として利用するには、笈川《おいかわ》葉桜という人物は全く適任ではない。

だって、葉桜は俺にしか興味がないから。

黒幕は想定外だったことだろう。異世界侵攻のための生贄《いけにえ》になると見越して召喚した葉桜が、召喚された都市を逆に支配してしまったことが。

「何でだよ、葉桜」

黒幕は、葉桜の支配力を無力化したかった。だから使者は利用された。だって葉桜の理不尽な力は全て俺に由来しているから。葉桜が支配者として君臨する理由も、俺しかないから。

だから使者は俺を殺すことを命じられた。俺を殺して、笈川葉桜という少女を完全に自分たちの駒にしようとしたのだ。俺が生きている限り、葉桜が持っている能力は黒幕の目的のためではなく葉桜自身の願望のためにのみ使われる。しかし俺という目的が無くなれば、抜け殻になった笈川葉桜を道具として自由に利用できる、と。

本当に。

「何で葉桜が、そんな連中に良いように利用されてるんだよ」

それが狙いだとしたら、心底くだらない連中なのである。

理想の結婚に憧れているだけの可憐《かれん》な少女に実力で及ばないからといって足を引っ張ろうとしたくせに、正面切って対峙《たいじ》する度胸もないから足を引っ張ることにも従順な少女を利用するような連中だ。

本来ならば、彼女たちと並ぶ価値すらない。

それなのに。

「利用されないでくれ、葉桜。戻ってきてくれよ、こっちの世界に」

何で黙って駒にされてるんだ、葉桜。

しかし、

「…………あぁ」

心からの懇願を、葉桜《はざくら》は一笑に付す。

「そう見えた？」

端的に返された一言の意味が、一瞬理解できなかった。

顔を上げた俺を見やって、葉桜は柔らかい微笑を零《こぼ》した。

「野分《のわき》くん、ずいぶんと私を可愛《かわい》いお姉ちゃんとして見てくれているのね」

足元が揺らぐ。一つの疑惑が浮かんで、背中に冷たい汗が滲《にじ》む。

「やっぱり、良い子」

俺は充分すぎるほどに、笈川《おいかわ》葉桜を畏怖しているつもりでいた。

しかし――

「私、野分くんのそういうところが大好きなの。私にとっての百点しか言わないところ」

足りなかったのではないかと思ってしまう。

「そのくせ、何も分かってないところ。全部が大好きなのよ」

笈川葉桜に対する『最悪の想定』ができていなかったのではないかと思ってしまう。

「青い鳥は、青空を飛んだら羽の色が空に溶けて見えなくなっちゃうでしょ？」

世界で一番大好きな姉は、子守歌を歌うように優しく紡いだ。

「だから羽の青が映えるように、銀色の鳥籠に入れてあげなくちゃいけないの。野分くんが大好きだから、あなたが一番綺麗《きれい》に見える世界を作ってあげる。だって、お姉ちゃんだもの」

どんな女神の慈悲すらも霞《かす》むほど、葉桜は優美に俺を誘う。

「籠にいらっしゃい、野分くん」

甘美な囁《ささや》きに、身が震える。

「……――なあ、葉桜」

吐き出した声に滲んでいたのは、苛立《いらだ》ちだった。

「俺を見失うくらいなら、空なんか見上げるなよ」

葉桜の怜悧《れいり》な瞳が、わずかに見開かれた。

そもそも葉桜は、一体こちらの世界の何が不満だったのだ。

俺と結婚できないことか？　それだけ？

「前だけを向いていろよ、葉桜は。探さずとも、俺が葉桜を追っていると信じて歩けよ。俺は葉桜が傍《そば》にいれば他のことは全部どうでもよかったのに、何で葉桜は世界を変えようとするんだよ。そのままで、ずっと幸せだったのに」

姉弟《きょうだい》で結婚できないという障壁が何だ。そんなもの、軽々と乗り越えて俺を愛して、一生一緒にいてくれるのが笈川葉桜《おいかわはざくら》という存在だ。それが俺の姉だ。

「――……舌、切っちゃおうかしら」

小さく零《こぼ》してから、葉桜は苦笑した。まるで聞き分けの無い子供をなだめるような目で俺を見下ろしながら、彼女のレースに包まれた指が軽やかに弾《はじ》かれる。

「空を黒く塗りつぶせば、飛ぶ気も失《う》せる？」

端的に、世界の終わりが告げられた。


花火が散った。

再び動き出した世界で、上空の〈門〉から爆《は》ぜた光が、夜空を裂いたのは一瞬だった。白い光が切り裂いた狭間《はざま》から、重たげな粘度の影がどぽっと溢《あふ》れる。重力に従って落下した影は、グラウンドで花火を見上げる生徒たちの人波の間でゆっくりと本来の形を成していく。

「ねえ、野分《のわき》くん。お姉ちゃん、さっき言ったこと全部嘘《うそ》って言ってもいいかしら？」

葉桜が喚《よ》び出した魔人たちが、花火の瞬《また》きの合間にコマ送りのように形成されていく。そんな異世界人たちには目もくれず、葉桜は俺だけをその紅《あか》い両眼《りょうめ》で射すくめる。花火よりも鮮烈な虹彩《こうさい》の光だ。

「黒幕なんていないの。だって証拠がないいんだもの。断片しか知らない野分くんは断言できないんだもの。奇跡ってことにしましょ、そっちの方がロマンチックだわ。私たちが結ばれるための奇跡なの。だから、野分くん──」

世にも可憐《かれん》に、葉桜は両手の五指を柔らかく重ねた。

「何も知らないまま、優しく私に蹂躙《じゅうりん》されてね」

「…………っ」

奇跡。その一言は、異世界の都市を統べた葉桜が言うと説得力がある。

それでも、奇跡だと信じていた人間は少なくとも一人は、もうそんな不確かなものを信じることをやめているのだ。

「おい、何だよこれ！」「え、それ本物？」「なにこの子」「なんかのコスプレ？」「おい、割り込むなって！」

グラウンド側のフェンスへと歩み寄ると、カラフルな浴衣や私服姿の生徒たちからの当惑の声を浴びながら、ぽつねんと立ち尽くす黒い点が見えた。

濃紺のセーラー服に、なびく銀髪のロングヘア。遠くからでもくっきり見えるエメラルドグリーンの瞳を煌《きら》めかせながら、彼女は口を開く。

「【支配者】の【聖櫃《せいひつ》】より──全ての【手足】を《顕現》」

花火の轟音《ごうおん》の合間に、その詠唱が凛然《りんぜん》と響いた。

彼女の背後に、銀色に煌めく武器がずらりと列をなして現れた。宙に浮いた剣、銃、短剣、槍《やり》、ダガー、クロスボウ――まるっきり武器庫である。

使者が身を翻すと、ふわりとその銀髪が膨らむ。まず手に取ったのは、片手剣だった。

身をわずかに前傾させて、両手で固く柄《つか》を握り締める。爪先から切っ先まで、一本の直線が引かれたように揺るがない構え。その体が、バネのように跳躍した。

「うわ、ちょっと！」「危ないって！」「なに、動画でも撮ってんの？」

顕現したばかりの黒い影を、剣を一閃《いっせん》させて次々と断ち切っていく。

「おい、なんだこれ」「次の花火くるぞ」「帰ろ、なんか人多いし」「危ねぇなおい！」「ちょっと、引っ張ってるの誰」「花火見えない」「やだ！　放して！」

喧噪《けんそう》の中に、徐々に不穏なものが混ざってくる。勘のいい生徒たちが異形を認識し始めたのだ。とたんに影の濃度が増す。素早く異形を斬り捨てていた使者が動きを止めた。その間にも、天空からは重たく淀《よど》んだ影が次々と溢《あふ》れ出している。

スマホが鳴った。表示された名前を見て、そういえばさっき俺にかき氷を買わせながら勝手にスマホを弄《いじ》っていたなと思い出す。

『おい、おにーちゃん。こりゃ完全に百鬼夜行だな。このままだとさすがにここにいる全員が、空間まるごと異世界転移だぞ』

こんな状況だというのに、小織《こおり》の声は明るく弾んでいた。

『氷山凍《ひやまいてる》の都市伝説のオールスター回って感じぃ。そこにおにーちゃんの姉ちゃんがいるなら、光栄でございますって小織の代わりに地面舐《な》めといてよ』

軽やかに尊厳を踏みにじった直後に、小織は言った。

『あ、やっぱりいいや！　ねえお願い、スピーカーモードにしてぇー』

らしくない子供らしい甘えた声に圧《お》されるように、俺は通話をスピーカーモードに切り替えた。

初対面の挨拶もせずに、小織は姿が見えないはずの葉桜《はざくら》へと声を上げる。

『あのねー！　一つ気になってたことがあんの。ねえ、異世界の支配者さんがどーやってこっちの世界の噂《うわさ》を知ってたの？　氷山の都市伝説にどうやってアクセスしたの？』

小織は矢継ぎ早にまくしたてた。小織は自分が知らないことを絶対に見逃さない。絶対に受け流さない。

『異世界で魔法が起こる条件は認識だろ？　つまり異世界にいるあんたがこっちの世界を知ることができていたということは、転生してからずっと何かしらの手段を使ってこちらの世界を認識していたってことになる。こっちの世界との繋《つな》がりがあったってことだろ？あんたはどうやって、こっちの世界と繋がってたんだよ？』

「ぴよぴよ囀《さえず》ってる。小鳥さんみたい」

スマホを一瞥《いちべつ》もせずに、葉桜は俺だけを見据えながら優しく小首を傾《かし》げる。

「だって野分《のわき》くんが、正しく私との約束を守ったものね」

『……あ？』

小織《こおり》が剣呑《けんのん》な声を漏らす。

俺は「待ってくれ」と口を挟もうとしたが、そんな制止が小織に利くわけがない。

『おい、約束ってのは何だ。んなもん全く知らねぇぞ』

「偉いわね、野分《のわき》くん。一言一句ちゃんと覚えていて、とっても素直な子」

小織の言葉を涼やかに無視して、葉桜《はざくら》は歌うような調子で俺を褒めた。

褒めながら、追い詰める。

「私の遺言になった約束を、野分くんが破れるわけないものね。お姉ちゃん、なんて約束したかしら？　覚えているなら、言ってみて」

その紅《あか》い瞳に迫られて、魔法にかかったように俺は口を開いた。

「命綱を、切らないこと」

——ねえ、野分くん。約束よ。毎日ちゃんとメールちょうだいね。

——おはようとおやすみ、どっちも。

——みんなには秘密。

——それがお姉ちゃんとあなたを繋《つな》ぐ命綱になるんだから。切らないで、約束よ。

その約束を守るために、週末しかスマホを使えない学生寮を避けた。一つ屋根の下にいても、スマホの機能が魔法にしか見えていない使者は俺が誰にどんなメッセージを送っているか全く知らなかった。

だってそれが文字通りの命綱になっていたなんて分かるはずがないじゃないか。

「この世界の人たちが私のことを忘れてしまえば、私はこちらの世界に干渉できなくなる。野分くんのメールがあったからなの。野分くんがずっと繋いでくれたから」

だから、葉桜は強くこちらの世界に干渉できるようになった。こちらの情報を全て逃さずに拾っていた。

笈川《おいかわ》葉桜が行方不明になってから、毎日欠かさず葉桜のメールアドレスにただ朝と夜の挨拶のメッセージを送るだけ。メールが弾《はじ》かれたことは一度もなかった。そのメールが異世界にいた葉桜にとってどんな武器になったかなんて、知るはずがない。

「ありがとう、野分くん。大好きよ」

葉桜が、艶《あで》やかに笑った。

「お姉ちゃんのことを忘れずにいてくれて、ありがとう。とっても良い子」

欲しかった一言が、慈悲深く与えられる。

そんな当たり前のことが、全ての原因となっていたなんて知らなかった。

『知らないなんてわけない！　おにーちゃん、そんな鈍い奴《やつ》じゃないもん！』

きっぱりと、小織が叫んだ。

『どうして姉ちゃん絡みのことになるとなんも見えなくなるんだよ！　気付かないフリだ

ろ絶対！　おい使者のねーちゃん、今すぐその銃で屋上にいるコイツを撃ち殺せば全て解決だぞ！』

使者は初めて会ったとき、俺のことを元凶と呼んだ。

その呼び方が的を射ていた。

『――……嗚呼《ああ》、もう。大丈夫です、大丈夫ってことにしましょう野分《のわき》くん』

使者の声が、聞こえた。

小さな子供をなだめるような声だった。

『大丈夫です、野分くんはそういう生き物です。分かっているので、もう大丈夫です。それを踏まえて、私はあなたのために戦えるので大丈夫です。家族を疑えなくて騙《だま》された私がこんなこと言うのもアレですが、なんというか』

刃《やいば》が空気に擦れる音の中に、彼女の呆《あき》れた溜息《ためいき》が混ざる。

『その約束を守ったから野分くんは大事な人と再会できたのだから、それを世界が危機に瀕《ひん》している原因だなんて言えませんよ。絶対に言いません。偏愛《シスコン》には酷ですから』

はっきりと言い切られてしまった。使者の迷いのない断言のあとに、通話越しに小織《こおり》の舌打ちが返ってくる。

『あーそう。まあいいよ、小織は異世界人が見られれば満足なんだ。どっちが白だの黒だのいうことには興味ねぇってことになってるんだからさ。知りたかったことが一つ知れて満足、ありがとね』

ヤケクソのように吐き捨てて、最後に付け足す。

『あと、さっきそっち行ったから』

何が、と告げずに電話は切れた。

「野分くん？」

葉桜《はざくら》が小首を傾《かし》げる。そんな彼女の後方で、屋上と校舎を繋《つな》ぐ扉が開いた。

最初、葉桜は闖入者《ちんにゅうしゃ》に気付きながら振り返りもしなかった。しかし彼女が「笈川《おいかわ》くん」と俺を呼んだ瞬間、パッと肩越しに彼女へ向いた。

花火が煌《きら》めく。喧噪《けんそう》に満ちたグラウンドと、屋上を照らす。

一晩にして蔓延《はびこ》った、屋上から花火が綺麗《きれい》に見えるという噂《うわさ》は、根も葉もない噂というわけではなかった。俺も彼女から指摘されて気が付いたのだが、そういえばここは花火を打ち上げる河川敷から距離が近い。

そんな絶妙な信憑性《しんぴょうせい》は噂を広めるための狡猾《こうかつ》さにも思えるし、できれば知り合いに嘘《うそ》はつきたくないという意固地な誠実さにも思える。

「来ちゃった、ごめん」

天束涼《あまつかりょう》は、苦笑した。

＊＊＊

昨日のことである。

「ぁん？」

俺の提案を聞いて、ガラの悪い声を上げたのは小織《こおり》だった。

「氷山凍《ひやまいてる》がおにーちゃんの姉ちゃんを召喚《よ》べる都市伝説を作るだぁ？」

屋上の冷たいコンクリートに胡坐《あぐら》をかいて、吐き捨てる。

「それって文字通り今日明日の話だろ？　ずいぶん無茶《むちゃ》するじゃねーの、おにーちゃん」

「難しいのか？」

「多分なんだけど、おにーちゃんの姉ちゃんが考えてる『氷山の都市伝説がネットで広まる』ってのは、別にネットでバズるって意味じゃねぇんだよな。氷山凍が噂《うわさ》の苗床《なえどこ》としてターゲットにされた最初の話が『プール男』だろぉ？　あの都市伝説って、舞台になってんのが露骨におにーちゃんたちの通う高校だったんだよ。だからおにーちゃんたちの高校で噂が広がって、生徒たちの間で話題になってたわけ。それがおにーちゃんの姉ちゃんにとっては僥倖《ぎょうこう》だったんじゃねぇの？」

水を得た魚のように、ぺらぺらと小織は喋《しゃべ》る。

「要するに濃度なんだよな。たとえば百人その噂を知っている人がいたとして、日本の人口一億人のうち百人が知っているのと学校の全校生徒三百人のうち百人が知っているのとでは噂の濃度が違ぇだろ？　どっちが価値あんのって話になったとき、おにーちゃんの姉ちゃんの目的は場所ごとおにーちゃんを異世界に強制転生させることだろ？　だったら、後者の噂の広がり方のほうが価値があるとみなされると思うんだよな」

「つまり？」

「局地的に噂を広げるには、飛び道具が必要っつーことよ。なんかアイテムくれや！」

すらりと長い脚を組み替えて、小織は続けた。

「飛び道具になりうるものは何でも考えられっけど、今回おにーちゃんの目的は姉ちゃんを呼びたいってことなんだろ？　あんまり局地的な噂を狙った飛び道具を入れると、元々なかった要素が増えて元ネタからズレていくぞ。確実に姉ちゃんを呼べるという保証ができなくなる」

「……飛び道具、ねえ」

滔々《とうとう》と語っていた小織の傍らで、天束涼《あまつかりょう》が膝を折った。柔らかい茶髪が夜風に揺れて、彼女の表情を一瞬だけ隠す。

「大丈夫、多分そこは」

「ぁん？　何が大丈夫なんだよ」

「私は絶対に飛べるから大丈夫ってこと」

小織《こおり》が怪訝《けげん》そうに首を傾《かし》げる。そんな小織に曖昧な笑みを返して、天束《あまつか》は俺の方を仰ぎ見た。

「でも、笈川《おいかわ》くん。都市伝説が一つ叶《かな》ったら、異世界との〈門〉が完全に繋《つな》がるんでしょ？　君が小織ちゃんの都市伝説を利用してお姉さんと会うということは、私たちがお姉さんに拉致されちゃうってことじゃん？」

明るい色をした天束の虹彩《こうさい》が、こちらを試すように煌《きら》めく。

「そんな危険を冒す意味あるの？　異世界侵攻を止めるだけなら、小織ちゃんに頼んで氷山《ひやま》のアカウント消してもらった方がよっぽどお姉さんを止められそうなものなのに」

「それはやだぁ！」

小織が素っ頓狂な悲鳴を上げた。

そんな彼女をなだめながら、俺は思わず嘆息を漏らした。

「婚約までしたのに、自然消滅の破局を狙う男ってどうなんだろうか……」

「は？」

「世界を救うために、世界で一番好きな人間に不義理を働かなきゃならないなんて変じゃないか？　天束は俺たちが小織と初めて会ったとき、誠意を向けるべき人間を見誤るなと俺を諭しただろ」

『この場合、君が一番誠意を見せないといけないのって誰？』

俺に向けた言葉の刃《やいば》をしっかりと覚えていたらしい天束が、わずかに目を見開いた。

「だとしたら今ここで俺が一番誠意を見せるべき人間は、葉桜《はざくら》であるということにならないか？」

ただ俺が葉桜と直接会って、葉桜と話がしたいというだけではダメだろうか。それは世界を危険に晒《さら》す理由にはならないのだろうか。

ならないんだろうなぁ。口惜《くや》しいことに。

「ちょっと待ってよ、ちゃんと話がしたいからって理由だけで異世界侵攻を誘発するの？」

「そうだよ。だってそれを怠ったせいで、天束が葉桜に利用されるところだった」

天束がぴたりと閉口した。

俺は続ける。もしかして逆鱗《げきりん》に触れるかもしれないなと思いつつ、それでもこれだけは伝えておいた方がいいような気がして。

「勝手に……こういう奴《やつ》だから、って決めつけて接して、悪かった。天束が何かを考えてることは分かっていたのに、そのことを無視した」

「…………ぁは」

彼女が苦笑する。天束はいつも困ったように笑う。

「また男の子っぽいこと言おうとしてるねぇ、悪い子だ」

「男の子だからじゃなくて俺だからだよ」

溢《あふ》れた言葉には、思いのほか力がこもった。

天束《あまつか》にならいってもいいような気がして——言った方が誠実な気がして、口にする。自分でも掴《つか》みどころがない気持ちを、言い間違えず出力できるように言葉を選ぶ。

「もうやめよう、お互いに。今から。俺も天束が非の打ち所がない可愛《かわい》い女子であるべきなんて思わないから、そっちも俺の不満なところを『男の子だね』って流さずに、ちゃんと『やめて』って言ってくれ」

「……別に、やめてほしいわけじゃないんだけど」

天束の作り物めいた大人びた苦笑が、スッと抜け落ちた。人形のような無表情になったのに、彼女の瞳は硝子《ガラス》玉ではありえないほどの強い光を反射させていた。

「そっか、そうだよね。笈川《おいかわ》くんも寄りかかってもらうことだけが役目の止まり木じゃないもんね」

「は？　止まり木？」

「ううん、こっちの話。私もまだまだ、修行が足りない」

軽やかに肩をすくめて、あっさりと言った。

「分かった。もう揶揄《やゆ》のつもりで『男の子』って言わないから、君が私にしてほしいことを言ってみて」

誘われるがまま、俺は口を開く。

囮《おとり》にする代わりに守らせろなんて気を張ったことを言わなくても、本当は最初からこの一言だけでよかったはずなのだ。

「俺に協力してくれ、天束」

＊＊＊

「来ちゃった、ごめん」

思い返せば、私のことを「無意識に人を刺さない」と評した笈川くんはかなり甘い。私は無邪気に彼のことを踏んでいたはずなのに。

図書室で私から恋人がいたことへの揶揄《からか》いとして「ちゃんと男の子だったんだね」と言われたとき、途方に暮れたようにフリーズしてしまった彼を見ても照れているとしか思わなかった。もし私が、誰かに「カレシが出来たから『ちゃんと女の子』だね」なんて言われたら絶対に黙ってはいられなかったはずだ。それなのに笈川くんに同義の言葉をかけたとき、何の違和感も抱かなかった。そんな私が、一人だけさっさと異世界に行こうなんて都合がいい話だ。

私はもうとっくに骨の髄まで『こちらの世界』に染まった人間だし、自分の足だけは誰のことも踏んでいないなんて保証はない。

自分自身に失望する前に全部リセットしたかった。でも笈川《おいかわ》くんの「もうやめよう」を聞いて、それじゃもったいないなと思ってしまった。

何も気付かない人間のままでいるのは、もったいない。

歩き方を迷わなくてもいい世界なんて、性に合わない。


ほんの先刻のことである。

「おい、待てよ。『ぼくの天使。』」

グラウンドの人混みを縫うように避けて屋上に行こうとする私を呼び止めたのは、使者ちゃんの傍《そば》で庇護《ひご》されていたはずの女の子だった。ショートヘアを乱しながら細い肩を上下させて、いかにも私の姿を見て急いで走ってきましたといった感じだ。

「ちゃんと名前で呼んで」

「って言うわりに飛び道具ってこれかよ、天束涼《あまつかりよう》」

素直に私のことを本名で呼んで、彼女は明るいスマホの画面をこちらに向けてきた。

画面に表示されていたのは、ごく普通のSNSアカウントのホーム画面だ。フォロー欄がゼロ人、フォロワー欄が五千人ちょい。SNSの世界では全然珍しくない数字だ。ちょっと写真センスのいい新作コスメ紹介用の美容アカウントや、流行している漫画の感想を呟《つぶや》くだけのアカウントだってもっとフォロワーを稼いでいる。要するにインフルエンサーと呼ぶにはいささか浅い規模の個人アカウント。

そのアカウント名は『ぼくの天使。』という。

私は昨日、そのアカウントに久々にログインした。自撮り写真をアップしていくつか日常ツイートを流したあと、氷山凍《ひやまいてる》のツイートを「これ、明日の夏祭りのことじゃない？」と引用リツイートで拡散したのである。

諸刃《もろは》の剣であった。笈川くんのお姉さんについての都市伝説は広まるが、おそらく私が拡散したことで氷山凍のアカウント自体が話題になる。氷山が今まで流した都市伝説たちが、その認知度を一気に上げる。そういう飛び道具だ。

「三年ぶりに検索してみたけど、まだアカウント持ってたのかよ。そのわりにツイートも画像も全部消えてるし」

「そうだね、最後に更新したのは中学生のときだから。三年ぶりって言ったけど、君が『ぼくの天使。』を忘れていた三年間はずっと何も更新してなかったし」

「でも忘れてねぇ奴《やつ》ばっかじゃん。このフォロワーさあ、フォロー外すの忘れてるだけの連中もいるんだろうけど、ほとんどがあんたの現実世界《リアル》での知人なんだろ？」

小織《こおり》ちゃんが淡々と追及する。

「あんたはこのアカウントを勝手に墓場にしたみてーだけど、ここにはまだあんたの死体を生きていると思い込んでいる人間がうじゃうじゃいるぞ。いつかあんたが『ぼくの天使。』として復活するんじゃねーかって、最前列での観測者になろうとしている連中がよ」

「そう。だから、飛べたでしょ?」

「まあねー!」

小織《こおり》ちゃんが無邪気にはしゃぐ。

「いいこと考えるじゃーん! 『ぼくの天使。』のアカウントが三年ぶりに復活したっていう話題に、お前の影響力が届く範囲にいる連中は完全に囚《とら》われてるよ。高校生になった『天使』の自撮り写真も、当然のようにめちゃくちゃ可愛《かわい》いし」

素直に放たれた可愛いの一言に、こちらも自然と「ありがと」と返してしまう。子供は得だなぁと思う。

「なあ、天束涼《あまつかりよう》」

不意に、その無邪気な双眸《そうぼう》が細められた。

「昨日は自撮りだったけど、三年前の投稿は全部誰かに撮ってもらったものだったろ」

昨日。

たった一言の『ただいま』と写真を載せた投稿は、それなりの人数に拡散された。通知欄に出てきたアカウントはほとんどが知り合いだった。本名や高校名をそのまま使ったアカウントもある。引用リツイートで露骨に私の名前を呼んだものもあった。

みんな明らかに歓喜していて、それでいて私から遠ざかる。

自分が一番に発見した宝物を自慢するようにみんなで見せびらかすものだから、私の情報は私の手を離れていく。

「三年前、『ぼくの天使。』に投稿された写真を撮っていたのはお前じゃねえだろ」

なあ、と小織ちゃんは言葉を続ける。

「お前を天使にしたのは、誰なんだ？」

「誰だっていいでしょ、別に」

小織ちゃんがかざすスマホの画面を、トンッと爪先で弾《はじ》いてやった。

「今は、私の意思なんだから」


「……天東？」

笈川《おいかわ》くんは、みんなから見えない側のフェンスの近くに立っていた。

呆然《ぼうぜん》とした様子の彼の隣にある人影が、おそらく世界ごと彼を強制召喚しようとしている張本人だろう。私を異世界に招いた人間だ。

たしかに私は、異世界に行きたいと思っていた。そこなら天国だと確信していた。

でも誰も苦しんでいない天国では、きっと肩を寄せ合ってくれる人もいない。

「笈川くん」

私と同じ世界を見てくれたことも、私に君が見ている世界を少し見せてくれたことも、どっちも私にとって世界が変わったのかと錯覚するほどのことだった。

異世界に行けなかったはずなのに、昨日よりも明日が生きやすくなっているのではないかという希望を抱けるような。

だったら別に天国じゃなくてもいい。私は自分の意思でどこまでも行く。

元々それが望みだったのだから、躊躇《ちゅうちょ》はない。

「良い子は天国に行ける、でも悪い子はどこにでも行ける」

そこに誰かの思惑など挟む余地もないくらいの速度で。

「……天使でたまるか」

私は、一歩を踏み出した。

＊＊＊

俺からしてみれば、天束涼《あまつかりょう》なんてできることだらけの人間だ。

だから何かを口の中で呟《つぶや》いた天束がまっすぐに俺とは反対側のフェンスに向かって駆け出したとき、俺は本気で彼女が再び飛ぼうとしたかのように思えた。

葉桜《はざくら》の横を駆け抜けて、俺は天束へと向かった。フェンスに両手を掛けていた彼女の両肩を掴《つか》み、勢いのままにフェンスに背中を押し付けてしまう。

激しく金網が揺れる。天束涼の整った顔が間近にあった。吐息すらかかりそうなほどの至近距離でいるというのに、視界の先にあるグラウンドでは異世界人たちと使者が交戦しているというのに、俺に抱きすくめられたままの天束は平然と笑う。

「なぁんだ、こっち向けるじゃん笈川《おいかわ》くん！」

天束がフェンス越しに姿を現した瞬間に、校庭から聞こえる声が変わっていた。「あれ、あそこ」「涼ちゃんじゃない？」「あ、ほんとだ」「誰かといる？」「抱き合ってるんじゃないの、あれ」と、あっという間に喧噪《けんそう》の渦は天束に向かって巻き上げられた。

身を凍らせる俺の腕の中で、天束は気丈にほくそ笑んだ。

「笈川くんがお姉さんを直接攻撃するわけないって、ほんとは分かってたよ」

「……は？」

「でも、私にはできる」

花火が瞬《またた》く。

「君が絶対に思いつかない方法で世界を救える。お姉さんのことをどうしても裏切れないいい子の君が、百年かかっても思いつかない方法だよ。君がしたくなくても、私がしたいからする」

花火の閃光《せんこう》で、屋上が一瞬だけ煌々《こうこう》と照らされた。

「お姉さんが、この世界をいらないと思っちゃえばいいの！　私には、その理由を作ることができる。この世界の価値を下げる方法、分かるかな？」

天束涼《あまつかりょう》が、破顔した。花火の閃光《せんこう》を映し込んだ瞳が、弾《はじ》けんばかりに輝いていた。

「……ほら、やっぱり分からない。いい子だね、笈川《おいかわ》くん」

天束涼が、俺にキスをした。

エピローグ

「あー、すごい。あはは」

天束《あまつか》の笑い声で我に返る。唇が触れていたのは一瞬だった。

「世界を救いたかった以外の理由がいらないって、便利だね」

しかしその一瞬で、世界が変わったのが分かった。だって花火の音が、グラウンドから湧くどよめきに完全にかき消されたのだ。

恐る恐る肩越しにグラウンドを見下ろすと、そこは魔人たちが認識され始めたときよりも見事な阿鼻叫喚《あびきょうかん》になっていた。学校一の美少女が花火をバックに行ったドラマチックなキスは、その場にいた生徒を一人残らず恐慌に陥れた。

そして。

「……──これだから」

笈川葉桜《おいかわはざくら》の白い喉から、蚊の鳴くようなか細い声が漏れた。キスで色めき立つ地上を見下ろして、柔和な微笑のままぽつりと呟《つぶや》く。

「此処《ここ》にいる限り、私たちずっとこうだもの」

聞き逃してしまいそうなくらい短い独白は、どんなに絢爛《けんらん》な理不尽に飾られた脅し文句よりも雄弁に彼女の本音を語っているようにも聞こえた。

そんな微《かす》かな糸口は、俺が掴《つか》む前に葉桜自身の手によって破棄された。

葉桜の白魚のように美しい五指が、柔らかく広がった。その片手が持ち上げられ、そのまま上空に向けられる。

姉は、天束涼《りょう》を一瞥《いちべつ》する。

「そんなことしか切り札にできないの？」

天束がわずかに目を見開く。レースに包まれた手のひらが緩く握られた瞬間、夜空に花火よりも鋭い刹那の銀光がちらついた。

風を切る轟音《ごうおん》と共に、上空から降ってきた一閃《いっせん》が俺の足元を跳ねる。

それは短剣だった。

遥《はる》か頭上で、銀色の閃光《せんこう》がいくつも瞬《またた》く。それらが使者が顕現させた武器庫の『中身』であると気付き、俺は思わず天束の全身を庇《かば》うように抱きすくめた。

――……銃剣――……ダガー――……槍斧《そうふ》――……片手剣――

次々と降り注ぐ銀色は、凄《すさ》まじい音と共に屋上の地面に叩《たた》きつけられる。葉桜はそれらには目もくれず、じっと笑顔でこちらを見据えて立っていた。

空に、銀色の花が咲いた。

それは花弁のように広がった髪だった。

まっすぐに落下してきたその少女は、他の武器たちと全く同じ乱雑な速度でコンクリートの地面に叩《たた》きつけられた。固い武器よりもずっと鈍い落下音と共に、紺の制服に包まれた痩躯《そうく》が跳ね返る。

激しくフェンスにぶつかって再び地面に転がった使者は、一瞬だけ「……っ」と息を呑《の》んで込み上げてくるものを嚥下《えんげ》するように白い喉を上下させた。

そのまま固く唇を結んで呻《うめ》き声一つ漏らさずに、薄く瞳を開いて笈川葉桜《おいかわはざくら》――〈所有者〉を見上げる。

「――……葉桜様」

足元にうずくまる使者へと歩み寄り、葉桜は慈悲深く膝を折った。使者の耳元に唇を寄せて、親友同士が秘密話をするような穏やかな声音で囁《ささや》く。

「私に全部ちょうだいね」

使者が翠《みどり》色の瞳を見開いた。そんな使者の白い頬《ほお》を、葉桜の長い指が鷲掴《わしづか》みにする。

葉桜は優しく謡《うた》う。

「私、いらないの。野分《のわき》くんが他の人と結ばれたと思っている人たちなんて、そんなことが罷《まか》り通る世界の要素なんて、一歩たりとも私の世界に入れてあげない」

その言葉は、天束涼《あまつかりょう》が立てた作戦が成功したことを示していた。葉桜を決して裏切らない俺の意表をついて、最も確実に葉桜の異世界侵攻計画を台無しにする方法だ。

異世界では「認識」が全てである。そんな世界に、俺が他の誰かと両想《おも》いであるという認識を持った人間を笈川葉桜が立ち入らせるわけがない。

「私、野分くんだけがほしいの。でも野分くんが異世界に行くことを拒むなら、野分くんごと周囲の世界を持っていくしかないじゃない。そのおこぼれで誰が利益を得ようが、心底――」

パッと使者の頬から手を放して、葉桜は立ち上がる。屋上を駆け抜けた夜風に濡《ぬ》れ羽色《ばいろ》の長い髪が巻き上げられる。

まるで羽が広がったような悠然としたシルエットで、葉桜は笑顔のまま断じた。

「ほんと、心底どうでもいい」

夜空に咲いた花火を映し込んだ葉桜の瞳は、ぞっとするほど爛々《らんらん》と光っている。

「でもね、私を異世界に拉致することが可能だった魔法が――それを実行した人がいるというなら、僥倖《ぎょうこう》なの。だってその力があれば、野分くんだけを私のもとに連れて来られる。私が異世界に拉致されたときのように」

でも、と葉桜はたおやかに五指を合わせて微笑《ほほえ》む。

「そのために、私にとって心底どうでもいい人達《黒幕》を探すなんて億劫《おっくう》だから」

夜空に大輪の花火が咲く。

「どこにいるか分からないなら、向こうの世界の全てを私のものにすればいい」

光より一拍遅れて、轟音《ごうおん》が響く。

俺と結婚するためだけに異世界の都市を制圧した姉は、容易に言った。

「木の葉が見つからなくたって、森を燃やせば同じだもの」

「……違う、葉桜《はざくら》。これ、こんな」

気付いたら、俺は口を開いていた。

「こんなことする連中、ぜったい――許さないのに、俺は。なんで」

視界が霞《かす》むほどの怒り故に、ごく自然にその一言が零《こぼ》れ出た。

「何で俺を求めるごとに、俺から離れていくんだよ」

どうしてそんな連中のために、葉桜が手を汚さなければならないのか。

「これ以上、そんな連中と関わるのは耐えられない。だから葉桜がそいつらを取り込む前に、絶対に俺だけの葉桜に戻ってもらう」

異世界を支配なんかさせない。

そんな得体の知れない存在になんか、絶対にしてやらない。

「代わりに俺が異世界の全てを壊してもいい。絶対に俺の姉として――連れ戻すから」

俺の傍若無人な宣言を聞いて、足元から「……はっ」と小さな笑いが聞こえた。

「ブレないですね、弟くん」

もう呼ばなくてもいいはずの呼び方をわざと選んで、足元に転がっていた少女は身を起こす。

「――……私」

時間をかけて、使者は揺るぎない気丈な声を絞り出した。

「野分《のわき》くんと、葉桜《はざくら》様の話ができるの……楽しかったです」

だから気付いたんです、と。

散らばる武器と同列の存在である少女は、ゆっくりと立ち上がった。背筋をまっすぐに伸ばして立つと、使者はまるで太陽に向かって伸びる植物のような迷いのないシルエットになって――葉桜と、視線の高さが合うのだ。

「私……野分くんほどじゃないけど、たぶん葉桜様のこと好きでした」

なんで、と絞り出された声がわずかに震えた。

「なんで私……葉桜様を裏切れと言われたとき、喜んで頷《うなず》いちゃったんでしょうか」

使者のローファーに包まれた爪先が、転がる片手剣を蹴り上げた。引き寄せられるように使者の右手に収まった剣の切っ先が、揺るぎなく葉桜を向く。

「奴隷根性、上等です。やっぱり私も、どんな色にでも単純に染まる私だから、これからは私の好きな色を選びます。あなたにはただの野分くんのお姉さんでいてほしい」

使者は肩越しに俺を見やり、わざとらしく溜息《ためいき》をついた。

「野分くんを見ていれば、あなたに一番向いているのが支配者ではなく『お姉さん』だということくらい分かります。こんな人を御せるのは才能です」

「………………」

こんな人とは何だ、とは言えなかった。なんか、この流れでは。

「染まりたいの？」

そんな使者に、葉桜が愛《いと》おしげに目を細めた。

「じゃあみんなで赤く染まって」

切れ長の瞳は、そのまま舐《な》めるように俺の手中にあるスマホを向く。

「まずは手」

瞬間、けたたましい呼び出し音が鳴った。スマホの画面が明るく光っていた。呼び出されている名前を見て、背筋に冷たいものが走る。

俺たちにとって、異世界を掴《つか》んで引き寄せてくれる「手」とは——誰のことか。

「……葉桜、頼む」

笈川《おいかわ》葉桜は世界でたった一人の大事な姉だ。だからこそ彼女のしようとしていることが分かる。だから懇願する。

「それだけは——」

その子だけは絶対に駄目だ。

『もしもーし？　おにーちゃん？』

軽やかな子供の声が、屋上に響く。

だってその「手」は、俺を兄と呼んだ。

彼女にとっての俺は、俺にとっての葉桜《はざくら》なのに——葉桜からは守れない。


「迎えの馬車は到着したわよ、小鳥さん」

冷たい夜風に乗って、葉桜の声は電話口へと流れた。

「どうしたい？」


その言葉の意味が分からなかった。

しかし、スマホの向こう側から返ってきたのは凍り付いたような沈黙。その静けさが、小織《こおり》が葉桜の問いかけの意味を理解していることを示していた。

「おい待て、葉桜。何を——」

「ねえ、今のあなたは誰なのかしら？」

俺の話を聞いているのかいないのか、葉桜は相変わらず自分のペースで自由に話す。

夜見《よみ》小織へと問いかける。

「ねえ、囀《さえず》って。あなた本当に、本物の『氷山凍《ひやまいてる》』ってことで、いいの？」

『……ぁは』

　たっぷりと時間を置いて、返ってきたのは晴れやかな笑い声だった。

『おにーちゃん、氷山のツイッターを随分と読み込んでくれたよなぁー。でも惜しい！　氷山凍っつーコンテンツを追っかけるには、ツイートじゃなくてTL《タイムライン》を追わねぇとダメなわけよ』

　パチン、と手を打つ音がした。

『おにーちゃんは、「見えない五人目」がこれまでの氷山のスタンスと違うっつーことは察せたんだがな。実はスタンスだけじゃねえんだわ、あの話の氷山凍は何もかもが不自然なんだよ』

　後に「見えない五人目」のタグが付けられたツイートを検索して遡ってみたら、こんな感想を見つけた。

『てか、これ一人称おかしくない？　氷山は「俺」って言わないじゃん』

『今回、一番変なのは氷山だろ』

『いつもは語り終わった都市伝説をモーメントにまとめてくれるのに、今回はまとめてくれてない。この儀式に来たのって、本当に氷山本人なの？』

　そんな感想を呟《つぶや》いていたのは、他のタグでも積極的に氷山に関しての考察を話しているアカウントたちだった。小織《こおり》に指摘されなければ絶対に辿《たど》り着けなかった、『氷山凍《ひやまいてる》』という存在を形作る要素。

氷山はヒントだけを提示する。真実はフォロワーたちが推理する。

そういう存在なのだ。

『「見えない五人目」って一エピソードはね』

電話の向こうから、姿の見えない小織は淡々と語る。

『氷山凍の偽者が現れて、ツイッターを乗っ取ってしまうという話なんだな』

「……偽者？」

そぉ、と小織は相槌《あいづち》を打つ。

『都市伝説や怪異に近づきすぎた氷山凍が、足元を掬《すく》われる話。氷山のすごく近い場所まで正体不明の怪異が迫っているという伏線で、これからただの「観測者」であった氷山自身が怪異に巻き込まれることになるという導入だよ』

世界を創造する神の視点で、少女はよどみなく言葉を続けた。もう頭の中で何度も反芻《はんすう》させた物語の計画なのだろう。アミューズメント施設に行っただけで眼《め》を輝かせていた子供と同一人物とは思えないほどに。

『だから「見えない五人目」には、そもそも偽者の氷山凍というもう一つの怪奇現象が含まれていたんだ。そしてその怪奇現象は、小織がおにーちゃんたちの前に現れただけで成立する』

初めて夜見《よみ》小織を見たとき、俺たちは一様に「この幼い女の子が本当に氷山凍？」と強い違和感を抱いてしまった。まるで「見えない五人目」でツイッターに現れた氷山に奇妙さを覚えるかのように。

俺たちが疑った時点で、「現場に偽者の氷山が現れた」という要素は叶《かな》ってしまった。

「小鳥さんはね」

葉桜《はざくら》が軽やかに両の五指を合わせて、蠱惑的《こわくてき》に嗤《わら》う。

「あの晩からずっと自分が異世界に行く条件を完全に満たしていると気が付いていて、異世界に行くきっかけを掴《つか》むために野分《のわき》くんたちと一緒にいたものね」

思い出す。今までの小織の些細《ささい》な言動を。

小織に異世界侵攻の詳細を説明したのは、ファミレスに向かってからだった。都市伝説を実現させることが葉桜の目的であると知ってから、小織は妙に歯切れが悪くなっていた。小織はあの時点で、すでに都市伝説が一つ成立していることに気が付いていたのだ。

そして天束涼《あまつかりょう》が「こっくりさん」を実行したとき。異世界に行くために自分自身を怪異そのものにした天束を見て、小織は呟《つぶや》いた。

——そっか、やっぱりできるんだ。

——まじかよ、勘弁してくれ。

悟っていたのだ、初めから小織《こおり》は。聡《さと》い子供は、自分が二つの世界の境界線上に立っていることにずっと気が付いていて、そのうえで俺たちと一緒にいた。

でも。

「ち……違うだろ、それは」

思わず、俺は反論する。異世界に行くために、俺たちを利用したなんて。

「絶対に違う。だって――――」

俺が兄になることになった夜、小織は言った。

――ちゃんと小織を現世に繋《つな》ぎ止めてね。

――ばっちり小織の未練になってよ。

「異世界に行くために俺たちと一緒にいたわけじゃなくて、俺たちに気付いて止めてほしかったんじゃ――――」

『いやぁ？　そこまでは願ってねぇがな。言ったじゃん？　サンタが来ない代わりに、願いは自分で叶《かな》える気質《たち》だってさぁ』

からっと笑って、小織はあっさりと俺の問いかけを唾棄する。

『小織は自分で選びてぇの。もーうどっちも魅力的で、迷ってしゃーないって選択肢から自分で好きな方を決めんのね！　でも小織、ぶっちゃけこっちの世界が魅力的かっつーとそうでもなかったからさぁ。天秤《てんびん》を平行にするために、おにーちゃんに小織の未練になってほしかったんよ』

　小織の言っていることが本当だとしたら、天秤を傾けたのは俺だ。

　俺に「対等ではいられない」と断言された瞬間、小織はきっと決めてしまったのだ。

『やっぱ小織は――こっちの世界では本物にゃなれねぇよなぁ』

　葉桜《はざくら》の唇が弧の形に歪《ゆが》んだ。

　葉桜がほくそ笑んだ瞬間、スマホの向こう側から聞こえるはずのない音が聞こえた。規則的な音色は徐々に近づくように大きくなる。

　それは電車の音だった。

「おい、小織――」

　ガタンッと車体が停止する音。

「今、どこにいるんだ？」

　そういえば電話口からは、いつしか花火の音も人々の喧噪《けんそう》の声も聞こえなくなっていた。

　電車のドアが開くときの、空気が漏れる独特の音。

「やめろ、小織。行くな、葉桜はお前を――」

『だいじょーぶ、おにーちゃん。小織は今、千二百円も持ってんだぜ？　どこへだって行けるさ』

軽やかに、小織《こおり》は俺へと囁《ささや》いた。

『おにーちゃんなら、妹のワガママくらい許してくれるよね』

通話が切れる。

「野分《のわき》くん」

呼びかけられて顔を上げると、葉桜《はざくら》が可憐《かれん》に微笑して俺を見つめていた。

「またね」

黒いレースの手袋に包まれた指が、軽やかに鳴らされる。

一瞬の暗転の後に目を開けると、そこには何一つ残されていなかった。葉桜の姿も、上空から降り注いでいた異世界人たちの影も、散らばる銀色の武器も、何もかも消えうせて俺と天束《あまつか》と使者だけが残されていた。

夏祭りの会場中を探し回っても、夜見《よみ》小織は見つからなかった。

あとがき

以下ネタバレではありませんので、本編より先に読んでくださって大丈夫です。作中で異世界の使者が小学生からの信頼を得ようと、その子が主人公の「妹」だと他の人に認識させる魔法をかけるシーンがあります。人との繋《つな》がりを求めている子供に「家族になってあげるから信頼して」と言うことが罷《まか》り通るのは、登場人物たちの生きてきた環境を差し引いたとしても、本作の中では魔法や異能力にも勝る最大のフィクションです。これは作中の登場人物たちが彼らの価値観で導き出したアクションであって、私達が生きる現実世界では、子供に加害したい大人は優しい知人の顔をすることがあります。それを踏まえて、異世界転生並みのファンタジーだと思ってその場面を読んでいただけると嬉《うれ》しいです。

あとがきでこんな当たり前のことに言及したのは、本編でフォローしきれなかった私の力不足のせいです。次巻では「君が誰かの大切な人だから尊重されるべき」だけでなく「君がただそこにいるだけで尊重されるに決まってるだろ馬鹿」まで書きたい所存なので、未熟者の私をどうか今後もよろしくお願いします。

最後になりましたが担当編集さん、新人賞の審査や出版に関わってくれた方々、そしてまだ何者でもなかった私の創作を「好き」と言ってくださったネット上の方々、今これを読んでくださっている方々、皆様のおかげで今があります。本当にありがとうございます。

MF文庫J

お姉ちゃんといっしょに異世界を支配して幸せな家庭を築きましょ?

2021年12月25日　初版発行

著者　雨井呼音

発行者　青柳昌行

発行　株式会社KADOKAWA
〒102-8177 東京都千代田区富士見2-13-3
0570-002-301（ナビダイヤル）

印刷　株式会社広済堂ネクスト

製本　株式会社広済堂ネクスト

Printed in Japan　ISBN 978-4-04-680911-7 C0193

この作品は、第17回MF文庫Jライトノベル新人賞〈優秀賞〉受賞作品「俺の姉は異世界最強の支配者『らしい』」を改稿・改題したものです。

【 ファンレター、作品のご感想をお待ちしています 】
〒102-0071 東京都千代田区富士見2-13-12
株式会社KADOKAWA　MF文庫J編集部気付「雨井呼音先生」係　「みれあ先生」係